"抓到你了，"他笑着说，

"也接住你了。"

yuyu x.

少年心事

Dreaming
of
Youth

PEPA 著

湖南文艺出版社
HUNAN LITERATURE AND ART PUBLISHING HOUSE

博集天卷
CS-BOOKY

凌子筠咬着蛋糕垂下眼，
口中香甜的味道勾得一些儿时记忆涌上心头，
便随口许愿道："希望能去明景湾看海。"

几口把雪糕吃完，抬眼才发现凌子筠正看着自己。
乐声叮叮当当，玻璃罩里的机械爪虚虚落下，只抓住了空气。

"抓到你了，" 他笑着说，"也接住你了。"

目 录

少 年 心 事

第一章

初相识

齐谨逸的飞机刚刚落地，行李都还没在酒店放稳妥，就被凌家来的一个急电打乱了定好的行程。

　　其实也没定好什么行程，不过是洗漱冲凉躺床倒时差，运气好可以闷头睡过一个白天。明晚被几个堂兄弟约了吃夜宵，地点定在沙湾的一家知名肠粉铺。

　　听说那家的肠粉做得软糯柔韧，肉也新鲜。

　　电话没说两句就挂了，他还以为是有什么要紧事，水都没顾上喝就上了凌家派来的车。司机察言观色的功夫算是到家，见他不太精神，替他把车门合上，坐上驾驶位时告诉他手侧有备好的矿泉水。

　　即使知道车里的水日日更换，他也不想费力气去拧盖子，挥挥手表示不用，亦无心看风景，只靠在车窗上补眠。

　　发动机轰鸣，车身轻颤，齐谨逸的额角被震得发麻，睡得不够安稳，隔着薄薄眼皮感知着寸寸暗下的天光，时不时睁眼看一看窗外。车子稳稳驶过海上架桥，粼粼水浪把夕阳余晖吞下，又揉碎了吐出来，天一点点暗下去。

"齐生，到了。"

恍然间过了几十分钟，司机把他唤醒，又替他拉开车门。

他一向晕机又晕车，十几个钟头的飞行加上半个多钟头的车程快废掉他半条命，谢过司机就青着一张脸疾步走进花园。

腿刚迈进门，蒋曼玲柔若无骨的胳膊就绕了上来，语气娇俏如同青葱少女："终于舍得回来啦？意国好不好玩？"

她腕上的玉镯硌着他的手臂，一阵钝痛，他懒得把她扯开，皱着眉头忍了。"我好累，你让我喝口茶先。叫我过来什么事？"

蒋曼玲一听，睁圆了眼瞪他，一路把他扯到饭厅。"能有什么事，叫你过来吃饭啊！给你接风洗尘。"

桌上已经摆好了热菜，连红酒都已经醒着了。

早该猜到的。齐谨逸大脑发昏，揉着额角，替她拉开椅子让她坐上主位，表情十分无奈。"多谢大小姐——"

茶很快被泡好送到他手边，苍翠的叶片在茶汤中根根竖立。终于喝到了落地后的第一口水，稍微去掉了口中异味，口腔润泽不少，齐谨逸整个人松了一口气，如同枯木逢春，终于有足够心力应付顽童样的蒋曼玲。

她一贯持着张笑口，即使没人说话，她也能自顾自地咯咯笑个不停。见齐谨逸望过来，她眨眨眼睛，纤长分明的睫毛上看不出一丝化妆品的痕迹。"是不是好饿？飞机餐怎么能入口。你看这个汤，陈姨煲了一整晚，好靓的，还有这个竹荪——"

原本胃口还有些不济，听她样样菜介绍过去，腹中馋虫竟被勾起，齐谨逸拿起筷子正欲夹菜，又被蒋曼玲不轻不重地拍了一下他执筷的手。"等一等啊，人还未齐！"

如此娇惯的作风即便几年没见也未曾改过，反而有种变本加厉的趋势。齐谨逸眉头没皱，好脾气地把筷子放下，叫管家过来，给他单独上一份咸白粥垫胃。

粥很快上桌，米油稠厚诱人，齐谨逸喝下一口，胃被烫暖，终于脱离了一点失重感。

"意国好不好玩，有没有去米兰？"蒋曼玲见不得他安静吃粥，就是要闹他说话，一连串报出好几处米兰的景点，问他怎么样。

"问这么多，你又不是没去过。"齐谨逸慢慢把粥吹凉送入口中，绵软的米粒滑入喉管，很是熨帖，"米兰好乱，游客又多，满街黑人骗人买手绳。我不爱逛街，只在南部待着，也没什么好玩，整天在海边吹风。"

"不好玩你为何不一毕业就回来？"她佯怒地摆摆头，翡翠耳坠一晃一晃，拍着脸侧，"几年都没见到你！"

齐谨逸也假装委屈："明明常常视频——"

蒋曼玲听了这话，即刻伸手作势要打他，又听他说："齐妮妮不是回国来见你了？她说你背出来那个款国内订不到，害她眼红得要死，缠着我帮她订，拿到手又不肯背出去，说你都背过了。"

说罢，他又拿出几件齐妮妮近期闹出的糗事来讲笑。出卖自家小妹来逗趣一向奏效，不出多时便把蒋曼玲哄得掩住嘴，笑得花枝乱颤。她的脸保养得很好，皮肤水亮，笑起来卧蚕鼓鼓，还似十七八岁样水灵，完全看不出她已经过三十了。

"妮妮课业紧都能回来那么多次，你就不回，"咽下了笑声，话又被她绕回来，"之前好不容易回来几次，又都只待几天——"

齐谨逸好不容易趁她笑的时候多吃了两口粥，不得不又放下勺子。"有大哥在打理生意，家里都嫌我碍事，那肯定抓紧时间去度假啦！阿妈早年在南部买了个庄园——"

"度假都度一整年，好闲啊你！"蒋曼玲拿手指戳他，他也笑着不避，反捏住她涂了蔻丹的指尖。

说闲谁能有她蒋曼玲闲，但这话太过诛心，齐谨逸选择不说。

蒋曼玲二十五岁出嫁，对方大她十二岁，她说是嫁给爱情。

凌家也算显赫世家，虽然不比蒋家风光，但也差不到哪里去，蒋曼玲称不上下嫁，蒋家又深宠她，自然无人反对。婚礼上，齐谨逸跟凌景祥喝过几杯酒，知道对方是个成熟稳重的人，也衷心盼望曼玲能够幸福。夫妻二人婚后感情还算和睦，可惜凌景祥婚后五年便出意外早早过世，只留下一个前妻生的儿子。

具体的情况他无心去打听，只从大哥口中零零散散知道凌家现在由几个长辈打理，差不多快要并入蒋家了。几家人关系盘根错节，分也分不开，一荣俱荣，一损——倒也不会俱损，齐、蒋、温、凌几个世家，个个都是曼玲身后坚实的依靠。

自凌景祥过世，曼玲一直都没有再嫁的打算，依旧住在大宅内欢欢喜喜地当她的金丝贵妇人，做什么都没人管制——也就是这样舒适的环境，才能养出蒋曼玲这样经年不变的少女心境……

齐谨逸漫漫想着，手还捏着曼玲的指尖，忽然眼睛一抬，看到身旁多了一个少年。

少年穿着私立学校的校服，白色衬衫、黑色西裤，颈上领带系得严谨认真，气质冷冷，像一根通透冷凉的冰锥，正面无表情地看着他们。

见到他，蒋曼玲一脸欣喜，把手抽回来，笑着让管家给他拉椅子，话里嗔怪："阿筠回来啦！说好七点半吃饭的嘛，饭都要凉了，快坐快坐。"

凌子筠站着没动，手松松地插在兜里，眼神凉凉地扫过齐谨逸，撞上齐谨逸看过来的视线。

这么多年来，齐谨逸还是第一次见到曼玲的这个继子，小孩的眉眼随他那个有一半欧洲血统的亲妈，深邃又锋利，嘴角弯弯，不笑的时候看起来也有几分讽意。

还是他脸上的确是挂着几分嘲讽？

长途飞行让齐谨逸的脑子变得迟钝，看不分明，便干脆不去想这些有的没的，只低头吃粥。

"阿谨吃饭，不要吃粥了，"蒋曼玲把他的粥碗移开，放下大小姐架子给他布菜，"吃排骨啊，炖得好烂，以前你不是最喜欢？阿筠你快坐下吃饭。"

管家还保持着拉开椅子的姿势，凌子筠终于依言坐下，跟管家道了谢，却没动筷子，只冷眼看着蒋曼玲跟齐谨逸谈笑。

两人又接着刚才的话题聊了几句去哪儿度假才有趣，蒋曼玲突然一拍手心："对啦，你的房子不是还没装好，这段时间就住在这里好不好？"

没想到这么多年过去，她还是这么想一出是一出……齐谨逸把汤碗挪到自己面前，避开了她的视线。"我住酒店啊——"

"酒店怎么能住人，不干不净，风景又不好。"蒋曼玲轻轻皱眉，全然忘记齐谨逸下榻的酒店也是齐家的产业之一，话里带着点娇嗔，"这里不好吗？空气好，房间又多，还有保姆照顾，就当是度假——你不要跟我客气嘛，我们什么关系！"

她是个百分百、不折不扣的天真美人，根本看不出凌子筠的表情不对，亲昵地把手搭在齐谨逸肩上拍了拍，又突然"啊"了一声，懊恼地拍了一下自己的额头，转向凌子筠说道："我都忘了，阿筠快叫人啊！"

正喝汤的齐谨逸被她一拍，反射弧终于落了地，意识到了哪里不对，只是还没等他开口，凌子筠就笑了起来："他？"

凌子筠转头看了一眼齐谨逸，后者一副精神不济的样子，眼下乌青一片，衣着考究，但上面的皱褶都没压平，头发又乱蓬蓬的，未梳齐，也就一副皮相好看。

"叫什么？"凌子筠勾起嘴角，现在齐谨逸可以确定他的笑是带着嘲讽的了，"你的眼光真是越来越差了，凌蒋曼玲。"

说罢他便把椅子一挪，任椅子腿在地毯上拖出一声闷响，站起身出了饭厅。

蒋曼玲看着凌子筠离去的背影，一脸无辜又莫名，问管家："阿筠他吃过饭才回来的吗？还是菜不合口味？不是让厨房做了他喜欢的甜品，还有水果——"

"曼玲……"齐谨逸无奈地把勺子搁下，在碗里敲出一声叮当脆响，小孩都冠上夫姓叫她全名了，她还不明白，"你是不是没跟他说过我是你表弟啊？"

蒋曼玲又是撒娇，又是跺脚，又是假装抹眼泪，齐谨逸磨不过她，最终还是答应她住下了，打电话跟家里报备了一声，又请凌家的司机帮他去酒店拿行李。

"明天你叫妮妮一同过来，我们像小时候那样一起开夜谈会，好不好？"不过一顿饭的时间，蒋曼玲就全然忘记了齐谨逸刚刚苦口解释半天的"瓜田李下""避嫌""别人会误会""男女授受不亲"等等，一如往常地亲昵地摇他的手。

她比齐谨逸大五岁，比齐妮妮大十岁，小时候还能做出一点姐姐的样子，越长大却越童真，如今大家都已成年，她却还是一副小孩心性，连齐妮妮有时都会嫌她黏人，假装看不见她发的信息，随手转发给齐谨逸让他去哄人。

齐谨逸即使习惯了她爱撒娇的性格，也不免被她摇得头疼，伸手按住她的肩膀："齐妮妮昨天刚刚飞去法国看展了，不在国内。你让你的小姐妹陪你去扫货，不好吗？"

"都好。"蒋曼玲想了想，红唇一抿，手松松握拳砸在另一只手的手心上。"啊，那我也约人去法国，要是明天出发的话，还可以赶上时装周——你一起吗？"

"大小姐，我刚刚从欧洲回来，对这些又不感兴趣……你自己去玩几天，我帮你订票。"终于能把曼玲推给齐妮妮一次，齐谨逸连被她闹得涨痛的额角都顾不上揉，也不等她答话，即刻拿出手机联系朋友帮她订秀场票，又幸灾乐祸地通知了齐妮妮，祝愿她们在法国玩得开心。

蒋曼玲当然乐得听齐谨逸的安排。她在家里长蘑菇已有一段时间了，一提到外出游玩就拿出了全部的行动力，几个电话约齐了姐妹，高高兴兴地让保姆替她收拾行李，又忙着找人确定行程、订机票，完全把齐谨逸晾在了一边。

齐谨逸求之不得，溜去花园散步消食。

花园日日有专人打理，任什么时候去看都是一片繁茂。他在这片花海里走走停停，见一处柔和的夜灯照亮一片白花，花气袭人，有细蚊在灯前无规则地乱舞。他体质不吸引蚊虫，又觉得这景好看，不觉就在灯下多站了片刻。

曼玲有心，晚饭几乎全按他喜欢的口味准备，还怕他刚下飞机就吃口味过重的食物会不舒服，特地挑了清淡的菜式来做。结果有点适得其反，太合胃口反而让他吃得过多，撑得有些不消化，加上之前舟车劳顿，一时间胃里翻腾不已，教他忍不住弯下腰去缓了缓。

弯腰缓气，重新直起身时视线顺势上扬，便看见楼上一处亮灯的窗口边倚着一个模糊人影。

猜也知道是谁。

他与在窗前的凌子筠对望片刻，突然起了玩心，稍稍提高了点声音："那边窗子里亮起来的是什么光？"

凌子筠显然没有心情跟他玩罗密欧与朱丽叶的角色扮演游戏，毫不客气地将一根燃着的火柴棍朝他弹了过去。

齐谨逸懒得躲，火柴棍直直打在他的肩上，又跌落在地，溅起零星几粒火花。

窗里的灯光"啪"地暗了下去，他看着那一小片欲盖弥彰的黑暗，掸掉肩上的擦痕，心里觉得小孩子脾气好好笑，又有那么几分可爱。

凌蒋大婚的时候他就来过这间宅邸，勉强还记得后厨的位置，过去问保姆要了曼玲说特地给凌子筠准备的甜品和水果。

甜品和水果被从雪柜里拿出来放上托盘，再递到他手上，还冒着丝丝冷气。

齐谨逸看了一眼，一时有些无言。杨枝甘露，最寻常不过的港式甜品，酸苦的西柚被换成了偏甜的红柚，剔透的果肉被大粒的杧果拥着，睡在西米椰浆上。

又甜又腻，小孩子口味。

听蒋曼玲像煞有介事地咬重"他喜欢的甜品"，他还以为会是些什么不寻常的东西，想来又是曼玲式的浮夸了。

水果是盛在玻璃盏里的石榴，末端被挑得干净，粒粒晶莹娇嫩，像浅粉色的通透宝珠。

齐谨逸多看了那石榴几眼，拣了几粒放进嘴里，用牙齿剔下果肉，吐出软籽，留下满口浅浅的清甜。

问清管家后，齐谨逸端着托盘上楼，敲响了凌子笃的房门。估计小孩以为是管家，算有礼貌地说了"请进"，齐谨逸便不客气地开了门，踏入房中。

房里灯还没打开，凌子笃坐在窗台上，被窗外透进来的亮光映出一个利落的轮廓。他的气质很冷，仿佛躺倒便是一片雪盖冰川。他没看来人是谁，只低头滑着手机问："什么事？"

齐谨逸十分有长辈的自觉，"啪"地把灯打开，把托盘放在了桌子上。"关灯看手机对眼睛有影响。"

灯光晃眼，凌子笃皱了皱眉，头也不抬地继续看他的手机，不客气地回道："爬富人家的床对人的品格有影响。"

从他的语调中其实听不出几分恶意，却也足够讨打，偏偏他说话时的咬字又有点软，磨去了话里尖锐的意味，只显得他骄纵任性，而不是蛮横无理。像猫一样，娇生惯养，绵绵软软，爪子却尖利，挠得人鲜血淋漓，又教人狠不下心去责怪。

齐谨逸无言地看着他，觉得还真是托曼玲的福，在晚餐时将他闹得内心衰老了三十岁，才让他现在得以用如此平和包容的心态来面对凌子筠。

见齐谨逸久久不回话，也没有离开的意思，凌子筠不耐烦地扫了他一眼，余光看见桌上的托盘，便嗤笑一声跳下了窗台，仰着脖子松了松绣着校徽的领带，对上了他的眼睛，问他："吃吗？"

凌子筠的眼睛黑白分明，是少年人特有的清澈明亮，像盛着光，随着呼吸又似有潮汐起伏，直直望进人的眼底去。

齐谨逸一瞬间思维断线，回神才回道："不吃。"

凌子筠摊开手，薄唇弯弯，语调轻轻："那你还站在这里做什么，我又没有软饭可以给你吃，也没有床给你爬。"

遣词造句完全不足以激怒齐谨逸，只让他觉得有趣，甚至突然就不想好好解释他的身份了。

他也弯起了嘴角，应道："凌同学，请注意你的言行，我完全可以控告你在对我进行性骚扰。"

没看凌子筠一瞬冷下来的脸色，齐谨逸走到豆袋沙发边，动作大方地往下一靠，调整了个舒服的姿势坐好。"管家说学校要求家长给你的成绩单签字，单子呢？"

"轮不到你来签。"凌子筠睥睨着齐谨逸，"麻烦你快滚。"

"你可以去问曼玲，轮不轮得到我来签。"齐谨逸笑了一声，掏出打火机扔过去。他足够早慧，除开一帮兄弟不说，连曼玲叛逆期时逃学的请假单都是他帮忙伪造的。

浅金色的都彭在空中画出一道亮色的抛物线，凌子筠没伸手去接，打火机打在了他肩膀上——跟齐谨逸被火柴棍弹到的是同一位置，又弹落在了地毯上，砸出一声闷响。肩膀上被打火机打到的地方钝钝地发痛，让他无端想起齐谨逸站在花前灯下的样子。

他问："你床上功夫很好？"

齐谨逸被他的直白惹得差点笑出声，忍住笑答："试过的都说好。"

"想也是，"凌子筠弯身把都彭拾起来，"噌噌"地打着火，"不然也不会被带回家里，还给了你能替我签成绩单的错觉。"

蒋曼玲从不避讳她在外有情人的事实，只是从未把人带回过凌家，眼前这位还是第一个。他忍不住又打量了齐谨逸一眼，后者依旧是一副精神不振的样子，甚至看起来比晚餐时还要萎靡几分，找不出任何闪光点，只有一副皮相好看。

凌子筠撇了撇嘴，这个人的存在简直重新定义了曼玲的择人标准：肤浅。

"你很怕？"齐谨逸问。

凌子筠挑了挑眉。"怕？怕什么？你以为你能从蒋曼玲那里拿到多少钱？还是以为你能分到凌家的家产？"他把都彭抛起来又接住，打量着上面精致的花纹。"不过也是，她对情人一向很大方，送过豪车，送过宅院，难免会让人起心思。"

话里话外的不屑十分露骨。他曾撞见过曼玲前几任情人开车送她回家，他们开着女人送的车，戴着女人送的"金劳"，还意气风发的。

齐谨逸揉了揉额角。这个都彭是他年前在意国陪小妹逛街，身上找不到打火机时顺手买的，但看凌子筠的表情便猜到，这不过八九百欧元的小物件，竟也成了他当小白脸的佐证之一。

难道他看起来真的像是连都彭都用不起的人？他不自觉地摸了摸自己的下巴，一点浅浅的胡楂软软扎着指腹。是了，坐了那么久的飞机又得不到休息，任谁看起来都会精神萎靡。

后知后觉地记起自己是个颠簸了近二十小时的旅人，豆袋沙发太软太舒服，生物钟与疲惫催着困意一点点爬进他的身体。

该去睡了。

他站起身，意识到自己现在的形象和状态都称不上良好，却仍不想放过调侃凌子筠的机会。"那你是怕……"

凌子筠循声微微仰起头，看着站到自己面前的人。

那人的嘴唇凑到自己耳边，带笑的声音含含混混、一字一顿地撞进耳膜："妈妈不要你吗？"

蒋曼玲搭最早的班机飞去了法国，携行李出门的时候天都还未亮。等表弟与继子梳洗完毕，面对面坐上餐桌用早餐的时候，她已经戴好丝绸眼罩在机上补眠了。

"归功"于她昨日胡闹样的接风宴，齐谨逸硬是熬到晚上十一点才收拾完送来的行李，早上七点半又被管家叫醒，说早餐准备好了。他不太想给凌家添麻烦，强打精神起了床，时差也因此稍微调整过来了一点。剃完胡子，沾上香水，整个人便显得清爽许多。

昨夜他说完话就自顾自地回了房间，并没理凌子筠的反应，原以为今早见面会被泼咖啡，特地穿了旧衣下楼，看来是他低估了小孩的心性。说来也奇怪，凌子筠除了说话难听了点，连门都没对他甩，早上问管家，管家说那碗杨枝甘露和石榴也都被吃完了。

齐谨逸想了想十七岁时的自己，所到之处硝烟漫天，觉得真该要夸一声凌子筠懂事乖巧。

酥脆香软的可颂包送进嘴里，又喝热朱古力，齐谨逸吃着无甚新意的早餐，见坐在对面的人正冷眼看着自己，便笑着跟他打招呼："早安。"

凌子筠没有应声，只打量着一夜之间气质遽变、如同焕发新生的齐谨逸，思维往不太健康的方向发散，把自己想得有些反胃，脸色都发白，横了一个白眼过去。

尽数收下小孩的敌意，齐谨逸又被激起了逗弄他的心思，伸手叩了叩桌子："成绩单。"

那边正在切香肠的刀重重一歪，在瓷碟上划出一道尖厉的噪声。

"曼玲去了法国，按她旅行的习惯，不知要几时才回。"齐谨逸淡定解释，往面包上抹牛油，"管家说明天就要交，反正不签字被处罚的是你，不关我事。"

"我找管家签字也是一样，老师不会知道你是我家长。"凌子筠冷静地指出盲点，"而且你也不是我家长。"

齐谨逸耸耸肩："是不是另说。昨天回房后我与你老师通了电话，莫老师说你这个学期成绩下滑很严重——"

又是一道金属与瓷碟摩擦的噪声。他顿了顿，捏了一下耳垂，无视这无礼又孩子气的举动，继续道："还有些别的问题，我们也需要谈谈。"

他本来就不喜欢看小孩子装模作样的。

凌子筠狠狠把瓷碟一推，煎蛋上淋着的酱汁溅到了桌子上。齐谨逸拿餐布替他擦了，看小孩冷着脸，动作烦躁地从书包里翻出一张纸拍到他面前。

管家很有眼力见儿地拿了钢笔过来，他运笔流畅地签完，又看了看上面的数字："还可以，不算特别差，再——"

话说一半，纸张就被抽走了，抬头时凌子筠已经拎着书包出了饭厅。

"齐生，今天您是否要出门？在家留用午饭吗？"管家问。

"不用，我回齐家请安。"齐谨逸站起身舒展了一下腰背，一大早就要教育小孩，真是麻烦，幸好他这辈子都不用考虑这个问题，管管凌子筠权当体验生活。"曼玲落地后你让她发信息给凌子筠报平安，她肯定不记得，我怕他担心。"

亲哥加上几个堂兄弟都跟他差不多年纪，关系又亲近，听到他一下飞机就被曼玲叫走，都笑得捧腹，连连说幸好没去接他的机。

一帮人喝早茶喝到下午两点，以齐谨观为首的事业型选手都回了公司，剩他和齐骁、齐添三人闲得没事做，开车兜了几圈风之后就跑去齐添家里打游戏，晚饭外卖一人一份牛腩叉烧双拼送柠乐，等几位兄长下班一同去吃夜宵。

"小孩子就是难管教，"齐谨逸一边搓手柄一边抱怨，"还以为我吃曼玲的软饭，叫我滚。"

齐骁耸肩，语气不冷不热："曼玲就算真的把情人带回来又怎样，可怜她刚三十就守寡。"大家都总是向着曼玲，纵容她的天真率性，但也不会太失之偏颇。他慢慢拿吸管把柠檬片在杯子里搅烂。"不过那个小孩，才几岁就没了妈妈，没几年又多了曼玲这个后妈，过了几年凌景祥又车祸……曼玲连自己都管不好，怎么去管小孩？同岁的小孩早都出国读书了，剩他一个在国内，好可怜。"

齐谨逸没出声。这些事情他不是不知道，不然也不会对凌子筠那么好脾气。事实上，以这种背景为前提，凌子筠已经称得上乖小孩了。再说，毕竟是他闯进别人主场，曼玲又不把话说清楚。

况且他也没解释。

他也不知道自己为什么不想把这个误会解释清楚，就像有层膜阻住了他的行动，告诉他不解释才好、才有趣，他又向来是个随心的人，自然跟着潜意识去动作。

他找空当拿过齐骁手里的柠乐喝了一口，又放回齐骁手上。"反正曼玲至多留我住几个星期，无所谓了。"

"是，反正你又不会有小孩，就当做善事，帮凌家教教小孩咯，体验一下当爸爸的心情。"知道齐谨逸懒，齐骁帮他点燃一根烟递过去，却听见他说"他还问我床上功夫好不好"，一下笑得手抖，烟灰落了一身。

齐谨逸手蓦地一滑，一个连招被中断，终于被齐添抓到机会赢了一把，在齐添的欢呼声中暴起按倒齐骁，与他笑笑闹闹一会儿后又推开了他，起身去拿车钥匙，催促二人道："走了走了，吃夜宵，快去热车。"

脑子里的画面却不受控地闪回到凌子筠嘴角挂着几分挑衅的笑，黑白分明的眼睛望着他，问："吃吗？"

齐家大少们都没什么少爷架子，站得起来坐得下去，几个人坐在马路边拿竹筷、塑料叉吃肠粉，一人送一客卤凤爪，人手一瓶冰镇的玻璃瓶装维他奶，里面插着根红白吸管，谈笑风生。

齐谨逸数年未归，理所当然地成了话题中心，大家围绕着他交换几句近况，又提几句往事。

"林睿仪也回来了哦，今早刚下的飞机，你说他在北美待了那么久，现在突然回来是为了什么？"齐骁咬着吸管朝他笑。

齐谨观听到这个名字，锁紧眉头看向齐谨逸。他从之前就不喜欢弟弟的这个旧友，做人做事都太咄咄逼人，如果他们要继续做朋友，他就要开始考虑做恶人了。

"为了什么都不关我事。"齐谨逸拍拍大哥的肩膀，示意他别乱想。

众人当然不信，齐齐起哄，齐懿看热闹不嫌事大，煽风点火道："我已经把你号码给他了，你自求多福。"

齐谨逸拿蘸了酱汁的筷子甩他，看他躲闪不及后心疼自己刚刚定制回来穿上的西服，心情才舒服一些。"总之跟谁做朋友都不可能跟他。"

"那跟凌子筠就有可能？"齐骁突然插嘴。

几人听到这名字都是一愣，继而七嘴八舌地向齐骁追问细节。

不懂齐骁这莫名其妙的想法由何而来，齐谨逸笑着骂他，突然余光看见几个人影推着一个人进了旁边的小巷子，转眼细看过去，不禁皱起了眉头。这里是老城区，位置又偏，几条街都以卖五金用品为主，按摩城、KTV为辅，不是什么正经地方，而那几个人影又都穿着跟凌子筠一样的校服——半学期学费抵得上普通人家一年花销的学生，不该出现在这里。

"阿谨，怎么了？"齐谨观毕竟是他亲哥，看他皱眉就问，顺着他盯着的方向看，只看到几家灯光暧昧的按摩店。

齐添也看见了，起哄道："心急到一回来就想着这个。"

无视众人的调侃，齐谨逸转头问齐骁："那条巷子，通向哪里？"

齐骁是这群人里最手黑的一个，早年兴趣所致，撇开齐家背景去混黑道，对这种鱼龙混杂的地方最熟。他仔细回忆了一下地形才说："不通哪里，是条死路来的。"

"刚刚有群人进去了，"齐谨逸看了一下手表，指尖敲了敲表盘，又拿出手机拨号，"三分钟了，还没出来。看衣服好像是凌子筠那个学校的学生。"

齐添瞪大眼睛："嚯，穿着校服去搞事？没那么傻吧……"

"贵族学校里面的学生会怕搞出什么事？"事不关己，齐懿笑笑，话中有几分对年轻后生的不屑，"出什么事都有父母担着，学校为了名声也会帮忙压下去，而且，同学欺负同学的话，被欺负的那个……"

"五分钟了。"齐谨逸打断他，挂了手中的电话，起身拿过他哥放在桌上的车钥匙。"凌家说凌子筠还没回家，我自己过去看看，几个学生仔而已，没什么事，你们别跟过来了。改天再约。"

都是一起玩到大的，挥了挥手就由他去了。

"不用我们过去吗？不是说有一群人？"齐添往那边望了望。

齐骁笑出声，一巴掌拍在他后脑上："阿谨之前在英国被三个黑人围堵都打得过，几个高中生会打不过？"

"壮声势嘛！"齐添给了他一个白眼，把玻璃空瓶吸得呼呼响，"况且东西都还没吃完，把人带回来一起吃不就好了，还要改天再约……"

"他是怕被解围的那个尴尬。"齐懿摇摇头。他的小弟齐添在他们这群人里年纪最小，真是懵懂得可爱。

不过……

他看向齐谨逸远去的背影，一个连瓶盖都懒得自己拧、易拉罐都懒得自己开的人，方才那一系列动作却如此高效，对那个凌子笃是不是未免太过上心了点？

第二章

野孩子

巷子十分逼仄，被蹭破的墙皮露出里面老旧的砖体，地上积着被霓虹灯牌映成彩色的污水。齐谨逸饶有兴趣地打量着这不常见的破落风景，经过几个折角，看到巷尾几个中学生模样的少年三三两两地站在一起，长袖翻卷到手肘，正围着两个人。

说巧真巧，还真是凌子筠。

凌子筠依旧站得笔直，眼神冷冷地跟面前的人对视。

从他们走进来到现在已经过了一刻钟，还没发生什么肢体冲突，齐谨逸便也不急，站在转角的阴影里，并不打算在弄清楚情况之前过去。

"说话啊，小靓仔！"叶倪坚笑笑，"又不要你的钱，也不要你的人，就让你把试卷偷出来，不过分吧？好歹你也是半个蒋家人，被抓到了又不会被开除，顶多就是记个过。我们就不一样啦，有钱没势——还是你那个小妈真的不管你啊？"

叶倪坚揪住凌子筠的领带，左右打量了他一番："也是，自己儿子被打成这样了都没发现，真是可怜。"

被打？齐谨逸锁起了眉，想起凌子筠系紧袖口的长袖衬衫。

凌子筠挥开拎着自己领带的胳膊，一脸冷漠的不耐。"要偷你自己去偷。"

"也行，"叶倪坚意外地好说话，看起来不过就是想找个借口揍凌子筠罢了，"那就麻烦你把脸和手背藏好，别被打到啦！"

凌家的现状在喝茶的时候听大哥提了几句，说是被新兴的几家挤得很惨，但幸好说还有蒋家在，齐谨逸没想到会影响到凌子筠——他原以为按小孩那浑身利刺的性格，应该不会太吃亏才对。

眼下也大概听明白情况了，他叹了口气正准备过去，就听见为首那人突然"哎"了一声，想到什么似的环顾了一圈周围的人，低低笑了起来："等等，不对，我想到个更有意思的玩法。刚刚我说错了，是不要你的钱，不过你的人——"

话还没说完就被齐谨逸从身后一脚踢到了腿弯，一下吃痛跪倒在地。

齐谨逸本来不打算跟高中生打起来，只想教育他们几句，但身体越过了大脑动作，连脸色都沉了下去。他扯着那人的头发，强迫对方抬头看着自己的眼睛，眼神沉沉地望住那人的眼："他的人你要怎样？"

他高中时期在校篮球队打了三年大前锋，出国后也是街球一把好手，手上力道大到那人头皮都快被扯下来，眼睛被迫瞪着，嘴里乱喊："你是谁啊?!"

事发突然，其他人都还没反应过来，就呆呆地看着叶倪坚被齐谨逸扯得晃来晃去。齐谨逸边扯边笑："我是谁跟你有什么关系?"

作为当事人之一的凌子筠倒是没说什么，也没拦他，只是在他出现时微微露出了些惊讶的神色，之后就好像不认识齐谨逸这个人一样，抱着手在旁看戏了。

叶倪坚被晃得好似风中枯叶，头顶钝痛，嘴里像是卡了碟，来来回回只有一句："你是谁啊?!"

齐谨逸听得厌烦，几乎想把他摁在地上的污水里堵住他的嘴，偏偏凌子筠也笑了笑，语气凉凉地携风灌入齐谨逸耳中："对啊，你是谁啊?"

真是没学会知恩图报。他一把松开叶倪坚的头发，任其跌在污水里，随口道："我是他哥。"

四下响起轻微的吸气声，有胆大的喊了一句："蒋家的?"

他就瞥眼过去："反正不是你家的。"

话没说死，旁边就有人捏起了拳头。齐谨逸看见那人动作，下意识挡到凌子筠身前，才发现所有人都忌惮他，不敢上前。

大多做坏事的未成年人在面对成年人的时候都会有种莫名的畏惧，他看他们连捏拳头的姿势都不对，才反应过来这不是在英国，面前的人不过是一群半大的纨绔少年而已。

当然不能真跟小孩子动手，齐谨逸精神松下来，却有一股暗火憋在心头。他烦躁地点了根烟，掏出钱包，抽出一沓钞票扔在被他踢伤的人身上："拿去看腿。"

他踢的时候拿捏着分寸，只会痛一段时间罢了，扔钱不过是图省事。

凌子筠风凉地"啧"了一声，十分不齿他这种拿蒋曼玲的钱来耍帅的行为。

齐谨逸猜也猜得出他那声"啧"是什么意思，懒得解释，拉起他便准备走。

被人踢了一脚、拽了头发，还被他拿钱折辱，叶倪坚狠狠咬牙，红着眼睛挣扎起身，一身红色的钞票哗啦落在污水里。"你能护他到几时？你现在带他走，他回学校也不会好过！"

齐谨逸脚步一顿，莫名地闷笑了两声。小孩子的威胁听起来总是可笑又无力，他耐心地开口："你觉得，从你们学校拿到一份学生名单有多难，找出你们的档案有多难，搞倒你们家又有多难？拜托你看看自己身上那股遗传的暴发户气质，你让他回学校不好过，那我诚祝你们全家富贵，看看你们出了学校，回到家里会不会好过！"

站着的几个人又轻轻吸了一口凉气，纷纷散开。他们家里都是新贵，也不是傻子，不过是听信了叶倪坚的话，看凌姓衰落，正好抓住凌子筠这个传言中不被蒋曼玲喜爱的继子寻开心而已，并没有打算把自己父母的事业搭进去。

一阵僵持中，凌子筠突然轻轻挣开了齐谨逸的手。

齐谨逸微微一顿，转眼看向他，心里想如果他说出任何"我的事不用你管"之类的气话，就即刻放手不管，但凌子筠并没说什么，只是自己走出了巷子，头也不回。

见凌子筠走了，那几个高中生仍有些不服气，威胁性地大喊了几声他的名字，手脚却都没动作。

一班杂鱼。齐谨逸懒得再跟他们多费口舌，转身快走两步追上凌子筠，给他指明了车子的位置。

双双坐上车，齐谨逸把车子启动，调了座位和后视镜，问端坐在副驾的凌子筠："是不是没吃晚饭？去兴发吃云吞面？"

见小孩一直不动，又好声好气地提醒他："先生，系安全带。"

凌子筠还是没动，偏头看着车窗外跟自己穿着同样校服的人步步走远，才将视线转回来看他。"车子停这么近，不怕被他们划？"

齐谨逸不在意地笑笑，敲了敲方向盘上的车标。"他们不敢。"

大哥缠了大嫂整整一个星期才被批准购买的限量宾利，连他看了都有些眼红，才趁机抢过来开。

凌子筠凉凉看他一眼。又来了，"狗仗人势"是脑中浮现的第一个词，但看在他帮自己解围的分儿上又划掉了，换成了难听程度稍次的"狐假虎威"。

不管怎样，暂时解决掉的麻烦都会让人心情稍霁。凌子筠"哦"了一声，嘴角勾起来："还以为你不认得这是什么车。"

齐谨逸哭笑不得，这小孩真的很讨打。

凌子筠乐见他吃瘪，被叶倪坚惹恼的心情也平复不少，语气稍缓："你怎么在这里？"

"碰巧跟人在附近吃夜宵。"齐谨逸观察着凌子筠的反应，"你以为我在跟踪你？"

那还真是有缘分。凌子筠垂下眼睛，咽下想拿来刺他的话，向后靠在车座上。"没有。去兴发。"

"安全带啊小朋友！"被当成司机的齐谨逸没办法，任劳任怨地解开自己的安全带，倾过身体帮凌子筠系好，发车上路。

车载电台播着缠绵的老歌，霓虹灯在车窗外连成彩线滑过，照在两人脸上，几片幻彩。

齐谨逸余光瞥见小孩一直低着头玩领带，怕他心情不好，就找他说话："坐车不聊天？"

"聊什么？"凌子筠低着头把领带上的皱褶用体温熨平，"刚才怎么不说你是我爸？"

"我又不是你爸。"齐谨逸感到好笑地看凌子筠一眼，"我求求你了凌小朋友，我才二十七。"他摇下车窗，都彭"噌"的一声打着，趁红灯点了根烟夹在指间。

他不懂凌子筠有这个时间出来被不良少年打，怎么就没有时间找管家或者曼玲问清楚他到底是谁。大概少年眼里的世界总是简单，只愿意相信自己相信的事情。

"你当然不是，也不会是。"凌子筠伸手把他手里的都彭抢过来，椅背放倒一点，仰头靠着。二十七，大好年华，做什么不好，偏要去爬床。

齐谨逸叹了口气，就近把车子停到路边，拉了手刹，提起耐心解开安全带，侧身探过去，面色不善地看着凌子笃："都彭还我。"

回应他的是喷到脸上的一股灼热之气，打火机的味道一瞬袭来，又随风散开。

凌子笃微微眯起眼，嘴角弯了起来，浓黑的瞳孔被窗外街灯照亮，隔着火光带笑看他："赔我的。"

怕齐谨逸忘了，凌子笃好生提醒："你昨日拿它扔我了。"

最见不得小朋友故作老成，好似花样少女穿黑色短裙渔网袜，装出的成熟里藏着丝丝涩嘴的青。

凌子笃挑衅似的仰着脖子，与齐谨逸对视。

有汽车经过他们时刻意鸣笛，一声，又一声。

见小孩被吓到，齐谨逸心情转好，笑了笑，把他手里握住的都彭夺过来："小朋友不准玩火。"

车子起步，滑入车流，凌子笃手指紧紧捏着车椅皮座，骨节泛白。

两人在卡座坐定，齐谨逸替凌子笃点了鲜虾云吞面和菠萝油，自己要了杯冻鸳鸯走冰，又把单子拿给凌子笃看，见他没有异议，才叫来服务生下单。

见凌子笃垂着眼放空地不知道在想什么，齐谨逸把烟盒倒过来在桌上敲敲，把烟丝磕紧，烟盒上的禁烟标语和警示图片正对着坐在对面的小孩。他不喜欢那些烂脚烂肺的警示图片，每次买烟的时候都请老板换成配图是脸上生皱纹的那盒，反正他又不怕生皱纹。

凌子筠被齐谨逸敲烟盒的动作唤回心神，厌恶地瞥了一眼烟盒上的标语，不悦地看着齐谨逸。"当禁烟卫士很好玩？"

"你不是也总是讽刺我吃软饭？"齐谨逸反过来激他，"当道德标兵很好玩？"

经提醒才想起这人跟曼玲的关系，凌子筠依旧面无表情，只是嘴角没了那丝带嘲讽的弧度。"不要告诉蒋曼玲……"顿了顿，他移开目光，有些不情愿地补充道，"那件事。"

这时的他才终于像个普通小孩，做坏事怕被家人发现还又傲又倔，而不是那副冷冰冰的、少年老成的怪模样。

有服务生端饮料过来，齐谨逸收起烟盒，一脸奇怪："我为什么要告诉曼玲？"

"你爬她的床。"凌子筠好意提醒他。

"上床就要什么都说吗？"齐谨逸笑笑，得益于齐家基因优良，他一笑，几个站得近的服务生都在偷偷望他。

凌子筠对上菜的服务生说了"谢谢"，拿过桌上的辣椒粉往面碗里撒了一些，才面带不屑，轻飘飘地拿话刺他："拿曼玲的钱扮酷，还说别人暴发户。"

"我自己赚的钱。"模棱两可地解释了一句，齐谨逸喝着冰甜的鸳鸯，不紧不慢地戗回去："你现在开始心疼那个暴发户了？

我是不是坏了你的好事？"

"恶心，"凌子筠点评，"无论是你的为人、赚钱方式，还是你的猜测。"

"不过谢谢，至少他们近期不会再找我麻烦。"凌子筠补充，用筷子把碱水面挑进羹匙，又装上一些汤，慢条斯理地送进嘴里。

总有一种人，可以把最普通的动作做出拨云弄水的美感，齐谨逸观赏着小孩吃东西的斯文模样，对其措辞感到好奇："为什么只是近期？"

凌子筠看他一眼，像是奇怪他明知故问："你以为你可以爬蒋曼玲的床爬长期？"

他说得想当然，却没发现话间好像默认了只要有齐谨逸在，自己就不会有任何麻烦。

"怎么你年纪轻轻，满脑子都是爬床？"齐谨逸反过来堵他的话，又问："你为什么要乖乖跟他们去那种巷子里？"

用筷子戳破饱满鼓胀的云吞，凌子筠把里面的整虾夹到骨碟上，只吃云吞皮和一点点肉。"不然呢，在大街上被打难道会更好看一点吗？"

两人把问句抛来抛去，乐此不疲。

齐谨逸见不得人浪费，把虾肉夹过来吃掉。"我是说，为什么不打回去？"

小孩露在外面的皮肤上连一点擦痕都没有，光滑细腻到可以去拍沐浴乳广告，但凡他还过一次手，都不会是这个样子。

"Sorry，我的素养不让我跟野蛮人动手。"凌子筠很克制地翻了半个白眼，又淡定地说明，"而且他们一向有人数优势，还手只会更吃亏。"

连吃了他五个虾仁，齐谨逸依旧毫无愧意地帮他把剩下的半个白眼翻完，反正都是自己埋单。"你这样很蠢，还自以为很聪明。"

凌子筠反常地没接话，脸上却也没有不服气的神色，平平常常地继续喝汤吃面，就好像认同了他的说法一样。

齐谨逸敲敲桌子，凌子筠视线挪过去，看见他修剪整齐的指缘和打过蜡的甲面，听见他说："不管怎样，亏都不能白吃，不然靠自己，不然靠家里。你要不然就打回去，哪怕花钱找人都好，打到他们不敢动你，要不然就让大人来解决——先生，你今年到底是在读高二还是在读幼稚园小班？"

正好将一匙面汤送进嘴里，错过了出声讽刺的最佳时机，凌子筠想了想，无所谓地点了点头，示意他继续说下去。

齐谨逸顿了顿，看着小孩匀称却略显单薄的体型，又看见他不带一丝薄茧的白皙指尖，意识到不能把自己的情况代入到他身上，只好叹了口气，替换掉了教唆小孩去打架的说辞："不要觉得不屑，你是凌蒋家的小孩，既然有这个条件为什么不利用？你觉得不告状精神上很清高，可别人输你什么？还不是打你打得很爽！这种事上没有退一步海阔天空的，吃闷亏永远不会有好结果。"

耐心地听他讲完，凌子筠漫不经心地回应："你废话好多，都学不会精练。"

"是，你知道说话精练，还乖乖给人家打？"齐谨逸不悦地瞥他一眼，想说以后有什么事可以跟自己讲，却又发现自己没有立场这么说，只能烦躁地叩了叩桌子："无论怎样，曼玲都不会不管你。"

羹匙轻轻撞了一下碗壁，凌子筠跳出打架事件本身，陈述了一个客观事实："她没有管过我。"

声音很轻，语速很慢，句意本身让齐谨逸听得头疼，说出句子的语气又让他听得心软。沉默了片刻，他没头没尾地问凌子筠："你是不是喜欢吃石榴？"

凌子筠不明所以，简单地"嗯"了一声。

齐谨逸说："那你知不知道，昨天那碗石榴是曼玲剥给你的？"

见到凌子筠茫然的表情，他习惯性地去揉额角，感叹一声，自己真是为这对母子操碎了心。"石榴剥起来很麻烦，她完全可以让保姆来做，但她自己帮你剥了。她又不敢拿刀，肯定只会用手剥，还把每粒石榴末端都挑得干干净净，连手指尖都被染黄了。"

他昨天捏住曼玲指尖的时候还觉得奇怪，她爱当富贵闲人，十指不沾阳春水，又那么爱干净，怎么指尖上会有抹不掉的暗黄，等到看到那碗石榴时才明白原因。

"她不是不想做一个好妈妈，而是她不会做一个好妈妈，她自己都还没长大，又怎么去顾一个青春期的小孩？"想到曼玲被惯坏也有自己一份责任，齐谨逸愈加觉得头痛，觉得对不起眼前的小孩，"她不是刻意要忽略你，而是……"

其实凌子筠足够聪明，也清楚曼玲是什么样的性格，这些话点到即止就好，余下的事情他自己都能想明白。但明白不代表能理解，要让一个连自己的世界观都还没定型的十七岁少年去理解另一个人的做法、去释怀，也未免太过不近人情、强人所难。

该懂事的人无比天真，该天真的人心思沉沉，齐谨逸心疼小孩，连替曼玲开脱的话语都说得涩口。

看着碗里被羹匙搅得不断沉浮的葱花，凌子筠撑着脸侧，一部分思维在消化齐谨逸说的话，另一部分思维在羡慕曼玲能有一个这么了解她、护着她、会温和地替她开脱的人。

羡慕。

见小孩并不反驳，一副心不在焉的样子，齐谨逸忍不住伸手揉了揉他的头。凌子筠一下愣住，抬眼看齐谨逸。

小孩的短发浓密且柔软，摸在手中会给人一种温顺的错觉，像猫收起利爪。

小孩愣怔的表情看起来十分乖巧，齐谨逸勾起嘴角，又揉了揉他的头发。"到底有没有在听我说话啊，阿筠？"

凌子筠怔怔地看着齐谨逸，听他口吻温和地叫自己的小名，暖黄灯光映入他的眼中，像日落时的海面，温柔得令人发指。

凌子筠慌乱地藏起心底被这份温柔激起的涟漪，用不耐的表象来伪装自己："说够没啊！"好似小猫被踩了尾巴。

齐谨逸闷闷笑出声，把手收回来，捏住手心遗留着的触感，另一只手递给凌子筠一根棒棒糖："看你心情不好，吃颗糖吧。"

凌子筠把棒棒糖捏在指间，睨他一眼："你管我啊！"

齐谨逸刻意曲解小孩的挑衅，笑着点头，语气轻轻，像在做承诺："我管你啊！"

凌子筠不懂齐谨逸怎么能这样厚脸皮，曲解自己的话，还用电影里"我养你啊"般的郑重语气回应，只当他是在作弄自己，气恼地瞪他："老套。"

齐谨逸耸耸肩，眼带笑意地与凌子筠对视，这不是他第一次在心里感叹小孩的眼睛生得好看，像有星辰碎落其中。

他挪开视线，叫来旁边的服务生："不好意思，埋单。"

这家茶餐厅开了有些年头，齐谨逸出国前就常跟同学相约来吃夜宵，如今数年过去，装潢也没变好一点，洗手台旁边散乱地堆着清洁用品，一盆半死不活的绿萝挂在镜子前。

踩住洗手台下面的金属条，冰水从水龙头中淅淅沥沥地流出来。齐谨逸洗完手，捧水擦了一把脸，睁眼时从镜中看见凌子筠站在自己身后，那盆绿萝像挂在他头上，显得他的样子有些滑稽。

洗手间很小，齐谨逸让开身体，凌子筠擦着他的身侧走过去把手洗干净，接过他递来的纸巾把手擦干，客气地道谢。

"不客气。"齐谨逸把手烘干，"你也说了，近期不会被找麻烦，那之后被围你怎么做？"

凌子筠清清冷冷的声音在烘干机的轰鸣中响起："打回去。"

说了那么多，都是在白费工夫，齐谨逸表情有几分无奈："也可以，但如果受伤严重要第一时间通知家里。"

凌子筠皱起眉看他，没有应声。

齐谨逸让步："那第一时间通知我，我管你。"

又来了，这种惹人心烦的话。凌子筠眉头皱得更紧，那句"你以为你是谁"在唇间滚动几番，终究被咽了回去，不耐烦地"嗯"了一声。

看出他完全是在应付自己，齐谨逸笑了笑，说道："那好，现在把衣服脱掉吧。"

回到凌家已经快半夜，大宅只有门前亮着灯，管家听见声响便出来迎他们："需不需要准备夜宵？"

齐谨逸摆摆手，示意手边有打包好的菠萝油。他倒车入车库，拎起副驾上黑着脸的少年进了大厅。

一直到在凌子筠房里坐下，齐谨逸才忍不住扶着额头笑出了声。

在兴发的洗手间里，出于活跃气氛的目的和一些小小的私心，他开玩笑逗了一下凌子筠，结果就是小孩猛地向后退，差点跌进那堆清洁用品里，吓得他赶紧把小孩揽回来，好生解释："是要看你身上的伤！"

他们在洗手间里闹出太大动静，扫把拖把倒了一地，连清洁剂都被踢翻，几个服务生听见声音赶过来，他还要个个道歉。

"怎么那群人说要你的人，你一点反应都没有，我让你脱衣服，你反应就这么大？"齐谨逸认真阅读活络油背面的说明，问像木桩一样站在他手边的凌子筠，"有开放性伤口吗？"

"没有，只有瘀伤。"凌子筠反坐到椅子上，下巴搁在椅背上，不想看见齐谨逸的脸，"你在我做出反应之前就把那人踢倒了。"

齐谨逸有几分意外地看了凌子筠一眼。"还以为你会说嫌弃我比他们脏。"

凌子筠点点头："当然也是有这个原因。"

"行啦，大少爷，"懒得理嘴上不饶人的小孩子，齐谨逸把活络油拧开，"麻烦把衣服掀起来。"

学校的校服衬衫做了一点收腰的设计，不好掀起来，凌子筠不想让齐谨逸看到自己身上的伤，但更不想给凌家或者曼玲知道，只好屈从，不耐烦地一点点把纽扣解开。

他心里不情愿，解纽扣的动作就变得很慢，齐谨逸比他更不耐烦，干脆帮他解纽扣。

齐谨逸解完纽扣，又帮他扯掉领带，脱掉衬衫。

凌子筠见齐谨逸脱人衣服的动作熟练，不露痕迹地撇了撇嘴，被知觉敏锐的齐谨逸看见，笑骂他一句，叫他不要想歪了，又被凌子筠反讽回来。

齐谨逸本来还笑着，等看到凌子筠腰上显眼的瘀青就收了笑容，皱起眉绕到小孩身后，沉了脸色。人在被围打的时候会下意识地蜷起身体保护腹部，所以一般来说背部受伤会更严重，但他没想到凌子筠的伤会严重到这种程度。

小孩的腰很窄，线条紧实，挺背坐着的时候还能看见两个腰窝，只是整个背部到处都是大块的青紫瘀血，深深浅浅，新新旧旧，看得齐谨逸心里发闷，舌根好似能尝到苦味。他手指紧攥住玻璃瓶身，眼里的情绪十分暗沉。

身后许久没有动静，凌子筠也知道自己后背伤得很不好看，语气很生硬："你要看到几时？"

无心跟他斗嘴，齐谨逸倒出一些药油在手心搓热，轻轻贴到凌子筠背上，又渐渐用了点力气，在大片的瘀青上揉开，放轻声音问他："痛不痛？"

听见他哄人一般的语气，凌子筠背脊微微一僵，摇摇头，老实地趴在椅背上不动。

齐谨逸很快把心情调整过来，认真叮嘱他："今天不要洗澡，擦完药不能碰水，也不能见风。"

药油抹过伤处，又凉又辣，凌子筠轻轻吸着气，觉得被人关照的感觉很新奇。

听见凌子筠的抽气声，齐谨逸极力克制着手上的力气，随便扯了点话题，试图分散他的注意力："你不喜欢吃虾，我点云吞面的时候你为什么不说？"

"反正又不是我埋单。"凌子筠脸埋在手臂里，声音听起来闷闷的。

齐谨逸的手指作怪地扫过凌子筠的背脊，指下的皮肤一阵战栗，他又放轻了一点力气。"下次要说。"

凌子筠抬起头看他："还有下次？"

话中没带嘲讽，也不是刻意作对的反问，而是问得十分真诚。他不觉得蒋曼玲回来之后，齐谨逸还会有心思和时间单独跟自己吃饭。

"为什么没有？"齐谨逸听了觉得奇怪，见小孩不应声，猜不到他在别扭什么。"不想跟我吃饭？"

"不是。"凌子筠下意识地否定，才后知后觉地意识到，自己心里居然并不排斥这个"下次"，反而隐隐有些期待，不禁有几分自厌地垂下眼，却仍顺着那丝期待问："吃什么？"

齐谨逸看他说一句话要想半天，觉得好笑地想去揉他的头，又顾忌着手上沾了药油，就用手背碰了碰他的脸颊，看小孩不悦地瞪了自己一眼，才忍着笑，挑了几家身在国外时记挂的小店，问他去没去过。

凌子筠没有朋友，不常出门，对本市餐厅的认知全来自杂志排名，听齐谨逸报出各种不出名但味道好的食肆，像在听天书。

"好吃吗？"他只能这么接。

"好吃的，味道很鲜，做法也正宗，下次带你去。"齐谨逸说。

大人说"下次"不过是客套，凌子筠垂眼点头，自认姿态大方，忽略掉心里一点微不可见的失落。

小孩不说话就是在乱想，齐谨逸笑着摇头，微微弯下身去，噙着笑道："我齐谨逸，在此郑重邀请凌子筠凌先生，与我共进夜宵，不知凌先生何时得闲，可否给我一个确切时间，我好将此事提上日程？"

心思被点破，凌子筠微恼地侧过头来扫他一眼，又扭过头去不看他："你随叫随到。"

齐谨逸哑然失笑，认真地点头应下："我随叫随到。"

这个人怎么总能把话说得让人心慌意乱。凌子筠得了自己想要的回应，反而更恼，又不晓得自己恼什么，只得闷闷地把头埋回手臂。背后的手掌按过某处，凌子筠一震，咬着牙不出声。

"这里很痛？"齐谨逸用手指点点那块发紫的皮肤，看凌子筠不应声，他叹口气，好不容易压下的烦躁重新涌上心头。

拿过衬衫给凌子筠披上，齐谨逸走到他面前，用手背抬起他的下巴，看着他疼出生理泪的眼睛，微微皱眉。"有事你要说，被欺负了你要说，有不喜欢吃的东西你要说，痛了也要说——你不说，没人会知道你经历了什么、你想要什么、你怎么想。"

明明这块瘀伤就在动动手臂都会扯到的地方，他却连一点异样都没有表露出来过，就像一个吹胀的气球，把所有的情绪都紧紧裹在绷紧的皮下，不许人碰，不让人猜，不准自己外露一点。

染着月色的晚风掀起窗前薄纱，齐谨逸把披在小孩身上的衬衫拢紧了一点。"你讨厌我，也只会嘴上讽刺几句，我端过来的东西你会吃，说的话你会听，惹你不开心，你连关房门关车门都不会太用力……"

凌子筠想张嘴反驳，却又不知道自己想反驳的是哪一句。身上的衬衫被拢得很紧，晚风一点都没吹到他，吹乱他大脑的是齐谨逸放缓的语调："你可以有脾气。别人欺负你，你可以哭，可以告状，可以打回去。你不开心了就可以骂人，把食物掀翻，用力甩门。痛了就可以撒娇，可以哭——你想闹就闹，想要什么就直说，又不是杀人放火，克制情绪是大人的事，你才十七岁，不需要苛责自己。"

之前嫌小孩骄纵的是他，现在嫌小孩不够任性的又是他。齐谨逸觉得他在教坏小孩，又觉得小孩就该被惯坏，能被惯坏的人都是幸福的，就像曼玲，被溺爱的人才能有恃无恐，他想看到凌子筠有恃无恐。

他用另一只手的手背去贴凌子筠的脸颊，说："替小孩收尾也是大人的事，说了我会管你的，不是说笑。"

凌子筠没有动作，药油味很冲鼻，也没挥开抬着自己下巴的手，只恍惚地望着齐谨逸好看的眉眼，听见他说："听到没，阿筠？"

凌子筠不知道该做出什么反应，心和大脑都是一片空白，好像只能听见自己耳朵里血液急速流动的声音。

齐谨逸把手拿开，到衣柜前，找出一件厚外套扔给凌子筠。"穿好衣服，把这个披上。"

凌子筠抓着这件外套，问："做什么？"

"看医生，拍片子看骨骼有没有事。"他看了看手表，没完全倒过来的时差让他现在还足够清醒，开车也没问题。

"我明天还要上学。"凌子筠不喜欢医院，表情很倔，"有家庭医生。"

"明早请假半天，我等下给莫老师发信息，"齐谨逸看也不看他，披上自己的外套，"你要是愿意看家庭医生之前为什么不看，还不是不想让家里知道你受伤？把衣服穿好。"

凌子筠沉默着没有说话，只把衬衫穿好，外套挂在手臂上，冷着脸开口："我要睡觉。"

"车上可以睡。"齐谨逸不留情地驳回，拿手机给老师发信息请假。

凌子筠的嘴唇轻轻碰了几下，垂下了眼睛："我不喜欢医院，医院让人心烦，消毒水味也很难闻。"他在那里送走了母亲父亲，心里抵触。

"OK！"齐谨逸乐见小孩直接表达心情，觉得自己终于没白费口舌，过来帮他把厚外套穿好。这件外套有点大，拉链拉到最顶，挡住了他的下巴，边缘抵着那总是抿起的薄唇。"去我朋友开的私人诊所，跟凌家没关系，也不像医院，可以吗？"

凌子筠闻见齐谨逸身上好闻的味道，在心里把消毒水难闻那项也划掉了，垂着眼妥协点头。

电话联系了诊所提前做准备，二十多分钟车程，齐谨逸比凌子筠本人还要重视他身上的伤，压着限速稍稍把车开快了一点。

凌子筠开始还忐忑，到了地方竟发现真的只是装饰随常的私人诊所，连消毒水味都闻不到，只有淡淡的熏香，才意识到自己刚刚无理取闹，有些不好意思，不用齐谨逸哄，自己就听话地跟着医师进诊室检查伤势去了。

医师经齐谨逸提前提醒，问诊时也没太过职业化，一直采用尽量随和的方式跟凌子筠沟通，验看过他身上的伤，又亲自带他去拍片。

时值半夜，法国正是下午，齐谨逸手上拿着凌子筠的外套，站在诊室外跟蒋曼玲通电话。蒋曼玲还未喝完下午茶，兴奋地跟他分享秀场见闻，有网红蹭镜头撞衫，有女星不请自来跟名媛抢前排座位，有秀导忙中出错导致模特出场错位，等等，最后又撒娇："你不在好可惜！"

"我在你怎么能安心跟姐妹逛街？我又不爱逛，败你兴致。"齐谨逸背靠在墙上，有些疲惫地揉着额角，声音仍带着上扬的笑意："晚餐？我记得有家意菜很不错，等下帮你订好位，发你地址。"

那边不知道又说了什么，他真心实意地笑了两声，应道："那好，订下周的位好不好？"

又调侃了曼玲几句，他侧身看见凌子筠从诊室出来，在离自己不远处站定，脸上依旧没什么表情，只是看向他的眼里情绪很复杂。

见小孩这副表情，怕他误会自己在背后偷偷告状，齐谨逸捂住手机对他摇了摇头，又对曼玲说他要睡了，道了晚安。

齐谨逸挂了电话，几步走到凌子筠面前，帮他披上外套，问：

"都弄好了？有没有事？"

"要等片子出来，很快。"自己的身体自己清楚，其实没什么事，但看着齐谨逸关切的神情，想着他说过的话，又想起他接电话时的轻柔语气，就抿了抿嘴："痛……"

他以为齐谨逸会趁机说教，或者讽刺他不懂还手，但齐谨逸只是轻轻皱眉，像疼在自己身上一样，伸手揉了揉他的头发，说："不痛不痛，回家帮你敷药。"

语气那么暖，不知是哄还是骗，凌子筠露出不屑的神色偏过头去，却没说不要。

齐谨逸心里笑他孩子气，把他身上的外套裹紧了一点，按他坐下："不要着凉见风，坐下等。"

两人并肩坐着，凌子筠作息习惯好，眼下已过大半夜，等不过几分钟就有些困意上头。一旁值夜班的护士小姐路过，见到凌子筠，连声赞他生得好看，像混血小孩，他就强打精神笑着道谢。

齐谨逸拍拍他的头，叫他不要勉强："困就眯一下，很快就回家。"

换作之前，凌子筠肯定又要出言讽刺齐谨逸把凌家当作自己家，但这次他只是瞥了齐谨逸一眼。"还不是你拉我出门，害我没睡觉，还要逃学。"

因为犯困，声音都变软很多，听起来像在撒娇抱怨。护士小姐以为他们是兄弟，掩着嘴笑："你们关系真好，好难得。"

齐谨逸只是笑着不应声，放轻动作揽了揽凌子筠的肩。大概是困意作祟，凌子筠没挣开他的手，昏涨的脑袋里莫名泄露出点点愉悦，嘴角都弯起来，又被护士小姐夸了一通笑得迷死人。

见诊室外的指示灯亮起，齐谨逸让护士小姐陪凌子筠多聊两句，自己去问医师要检查单。

多处软组织挫伤。齐谨逸冷着脸，手指把检查单捏出一点印痕，脑中过了一遍那群少年的脸，屈起手指揉了揉眉心。

"骨骼没有事，但至少也要半个月才能完全消掉瘀肿。"医师医者仁心，看不惯白润的少年被伤成这个样子。"齐生，我个人建议这种情况可以报警。"

未成年人伤人，至多进少管所住几天，好吃好睡，出来再报复回来。富人家的子弟，托托关系，散点白银，连那几天都不用住，直接跳到最后一个步骤。不想让凌子筠坐在警察局里被问讯，齐谨逸摇摇头，说："我会处理，多谢医生。"

来这家诊所看病的都不是普通人家，医师一瞬心惊胆战，又不好多嘴问他的处理方式是什么，看他的样子不像是会违法乱纪的人，也就点了点头。

齐谨逸走出来的时候凌子筠还在跟护士小姐谈笑，见他来了，护士小姐即刻挥手跟凌子筠说再见，掩嘴笑着遁回岗位。

两人走出诊所，齐谨逸站在凌子筠身侧替他挡风，见他耳尖一层薄红，便压低声音揶揄道："少年怀春？"

凌子筠伸手揉了揉自己的耳朵，睨他一眼："思想龌龊。"

急着让小孩坐上车，齐谨逸便没再与他讲笑，虚揽住他快走几步，帮他开了车门，又帮他系好安全带，才坐上驾驶位。

怕凌子筠见风，齐谨逸忍着没开窗抽烟，等红灯时看了一眼副驾，凌子筠耳上薄红已褪，闭着眼，向着自己的方向微微侧着头。

凌子筠长得好看，闭上眼时少了那份冷倨，显得很乖顺，一股清水少年感，又有车窗外的夜景做背景，就像电影里的一帧画面。他看多了几眼，错过了黄灯转绿，有车在后面短促地鸣笛，他才回过神，把电台声音调低。

以前在英国念书的时候喜欢开快车，撞了几回才老实，他不似来时紧张，把车子开得很稳，平缓地驶向目的地。

凌子筠其实没睡着，只是闭着眼休息，思绪在困倦中乱绕翻滚，浮浮沉沉，想着护士小姐说的话。

她说齐谨逸对他真好，体贴得体，教她艳羡。

可能女生总是感性，他作为当事人，感触倒没有她说的那样深刻、浮夸，只是觉得齐谨逸这个人很神奇，像住在神灯里的灯神，只用简单地向他表达出自己的感受，连诉求都不用说清，就可以得到自己想要的结果，不会违背自己的意愿坚持去大医院，也会温柔地哄自己不痛。

而自己没表达出来的感受——

没说自己委屈，没让他帮自己出头，可别人拳头刚捏起来他就挡到了自己身前。没说自己觉得痛，可他猜到自己身上有旧伤，一回家就要了药油来帮自己上药。没说自己觉得冷，可进诊室脱衣检查前他会特地关照医师关窗，请医师把空调转成暖风。也没说有声音会吵到自己睡觉，但他以为自己睡着了，就会把电台的声音调低……

明明开夜车，有点声音会更好。

车子开得很稳，凌子筠却感觉自己被晃得有些恍惚，觉得也许人人都会这样，又想那为什么其他人没这样对自己？

车子过减速带的时候震了几下，一只带着热度的手伸过来，安抚性地拍了拍他，像是要哄他好睡，然后很快就放回了方向盘上。

这让凌子筠更恍惚了，也许，齐谨逸对每个人都是这样。

对自己是这样，对曼玲也是这样，或者更糟，是因为曼玲，他才会这样温柔细心地对自己。

声音被调到最低的电台在放歌，是他之前听过的一首，记不起歌名。他听见音质老旧的女声轻轻浅浅地唱："是他也是你和我，同悲欢喜恶过一生。"

他想起齐谨逸的手指扫过自己背脊时的感觉，睫毛颤了颤，渐渐被低低的乐声带入睡眠。

这次进出大宅，他们都没惊动管家。齐谨逸把车子停好熄了火，坐在副驾的小孩睡得很沉。

齐谨逸叹了口气，解开系着凌子筠的安全带，把他打横抱出来。

人体的形状不规整，睡着了又不会配合，凌子筠身高将近一米八，抱在怀里已经很勉强，还要尽量避开他身上的伤。

齐谨逸调整了一下动作，用腿把车门关上。

凌家在建宅子的时候一定不会考虑到会有人需要抱着一个一米八的少年从侧门走上二楼，回廊很绕，大厅正中对开的两道楼梯又有一道大弯，齐谨逸原本一身懒骨，废了半条命才把人安安稳稳送到床上，又替他脱掉鞋袜，除掉外套，再拉过被子给他盖好。

以为今日的亲子体验活动告一段落，齐谨逸松了口气，准备回房洗澡休息，向熟睡的凌子筠道了晚安，正准备离开，手腕就被拉住了。

"你装睡？"齐谨逸有点生气，轻轻拍小孩的脸，又见他眼睛还是闭着的，嘴唇抿得很紧，睫毛微微颤动，眉头也皱在一起。

发现他是真的还没醒，又睡得不舒服，齐谨逸便暗暗笑骂他一句大少爷，干脆把他叫醒："阿筠，醒醒，起来换好衣服洗漱完再睡。"

凌子筠被叫醒，眉头皱得更紧，眼睛睁开没几秒又闭上了。

"……洗手台有李施德林。"

像是记得齐谨逸说过的话，他又勉强把眼睛睁开了几秒，强打精神说了一句："我好困，想要漱口睡觉。多谢。"之后又闭上了眼。

齐谨逸无言，认命地去他浴室拿来漱口水、湿毛巾和空杯伺候大少爷洗漱，又帮他换睡衣，一切搞定后看表已经快凌晨三点，不禁无奈。

他已经懒得回房了，凌子笃的床亦是 king-size（特大的），没什么差别，便干脆给自己整理出一个位置，上床看手机。

凌子笃感受到床垫下陷，带着浓浓的药油味翻过身来，半睁开眼看着齐谨逸。

床头一盏暖黄的小夜灯照着齐谨逸侧脸的轮廓，他身上只搭了一角被子，不似自己身上盖的那般严实。

齐谨逸以为凌子笃会说一些"滚下去"之类的话，但凌子笃只是看了一眼，就闭上了眼，声音困倦："……洗手台有李施德林。"

第三章

少年事

凌子筠睡得安稳，梦中有另一个人的体温和鼻息，暖得他连做梦都很沉，睡得不知何时天亮。

近八点时他被生物钟唤醒，发现自己睡在大床一侧，身边空了一个位置。

他揉着眼睛坐起身，扯起身上亲肤的睡衣看了一眼，迟钝地想起昨天留了齐谨逸在他房里过夜。不知是因为曼玲的小白脸睡了自己的床，还是因为醒来没见身边有人，一种后知后觉的烦躁伴随起床气漫上心头。

按铃叫保姆把早餐送入房内，不知出于何种心态，他并不想在早餐时间看见齐谨逸。

"少爷，"保姆把早餐在立架托盘上布开，"齐生早上有事出门了，说你醒了就看一下手机。"

凌子筠微微一愣，谢过保姆，却没心情去看放在桌上的手机，胡乱吃了几口早餐，就心烦意乱起来。

手机屏幕一亮，显示有新信息进来。凌子筠光脚踩在地毯上，跑去把手机拿起来，又不想点开看。

电话铃在下一秒响起，他看着手里一振一振的机器，屏幕上显示着一个陌生号码，在乐曲响到第三个小节的时候，他终于按了接听。

齐谨逸温和的声音透过电波在他耳边问他早安。

"知道你不会听话看信息。"齐谨逸那边听起来有点吵，有杯盘碰撞的声响，依稀还有一个女人的声音，"今天有点事，可能晚上才回来，你自己先敷一下药，好不好？"

凌子筠捏着手机不回话，坐到豆袋沙发上，望着雪白的天花板。

那边听见了豆袋沙发的沙沙声响，轻轻笑了一下："你下午还要上课，不敷药坐着不舒服的，听话，晚上回来帮你敷药，好不好啊？"

凌子筠敷衍地应了一声，直接挂了电话。他才懒得敷药，反正都会自己好。

齐谨逸那边一听就是在跟人喝早茶。什么人？女人！蒋曼玲不过去法国几个星期，他都心急！

他正替曼玲生气，又显示有新信息进来，因为刚刚接完电话，没按锁屏，便压着气顺手点进了信息页面。

三条未读信息。

我上午约阿嫂喝茶，先出门，你记得要敷药。

醒了吗？

晚上回来检查。（笑）

凌子筠没有回复，把手机甩到地毯上，整个人陷进豆袋沙发里，像跌入一片流沙。

手边有一阵馨香飘来，他转眼看去，桌上放着保姆刚刚来换的鲜切花。那天引齐谨逸驻足的白花刚从花园里被剪下，娇嫩的花瓣上还带着露水，微微颤动。

他看着那花，不知想起了什么，片刻后用脚把地上的手机钩过来，犹豫了一下，还是存了齐谨逸的号码。

先输入了"软饭王"三个字，删掉，换成"小白脸"，又删掉，打上从成绩单上看来的"齐谨逸"，还是删掉，最后存了个冷冰冰的"齐生"。

齐谨逸挂了电话，略带歉意地看了一眼坐在身侧的大嫂，温晓娴微微一笑，表示理解。

几笼点心还热，他也不在意形象，用手剥开流沙包底的垫纸，咬了一口，金黄咸香的馅心流出来，烫得他舌尖发麻。

温晓娴递纸巾给他，又拿一沓贴着照片的纸出来："查几个学生哥，还要找我？"

"大哥那么忙，齐骁下手又不知轻重，我刚回来，也找不到其他人。"齐谨逸把流沙包咽下肚，没敢说他是因为懒得问别人，又正好要还齐谨观的车，才约了她出来喝茶，顺便让她把车开走。

"我还不清楚你？"温晓娴嫁进齐家十几年，看到他把那辆宾利的钥匙放到桌上的时候就知道了，了然笑笑，"几个中学生而已，你想要做什么啊？"

她大概了解到一些情况，虽然也有些不快，但还是不太赞同用成人的手段来对付小孩子。站到一定高度，拥有一定的资源和权力之后，毁掉别人的人生其实是一件很轻易的事，她再清楚不过。

"娴嫂放心，我又不是什么魔鬼。"齐谨逸笑她大惊小怪，一目十行地扫过那沓纸，视线落在一个日期上停留了片刻，顿了顿，才继续说道："都说了我刚回国，能做什么？这种小孩就是欠父母管教，我不过是让他们父母少签几笔单子，多点时间教教小孩而已。"

谁会想当成年人，条条框框，束手束脚？凌子筠被打成那样，他看到就一肚子火，如果再年轻十岁，他一定扯着凌子筠一个个狠狠打回去。

温晓娴笑着摇摇头。"你啊，乱来。"却也没说反对，还帮他夹了几筷子豉汁蒸排骨。

天黑后气温突降，细雨下得很急，齐谨逸没叫凌家的司机来接，白着脸披着一身水汽回到凌家。凌子筠已经放学归家，正坐在会客厅喝糖水看电视。

电视声被调到很低，嗡嗡地融入空气。煲了一个下午的银耳汤又糯又甜，放入雪柜冰镇过，吃进嘴里，生出丝丝凉气。凌子筠咬着羹匙，看径自走过来、直头倒进沙发的齐谨逸。他没带伞，头发被雨水打湿，贴了几缕在前额上，看起来有点狼狈。

许久没过过风平浪静的校园生活，凌子筠心情不错地打量齐谨逸，微微挑起眉。这个人在自己面前的形象怎么总是这样不羁？做他们这行的，最注重的不就是外表吗？

"有没有敷药？"齐谨逸接过保姆递来的干毛巾，压低声音问凌子筠。他晕车，脸色有些发青，声音听起来又低又绵。

对齐谨逸已不像初见时那么厌恶，清晨莫名的火气也早被磨掉，凌子筠说不清自己心里到底是什么感受，把身体往他的方向倾了一下，让他闻见自己身上的药味，又重新坐正，看着他青白的脸色，有些迟疑地问："你不舒服？"

"晕车。"知他乖乖听话擦了药，齐谨逸放下心来，把手里拿着的纸袋放在桌上。"给你带了蛋糕。"

纸袋上没沾一点水渍，蛋糕被拿出来时也完好，连奶油都没擦到盒边。凌子筠有几分讶异地看了他一眼，不知是该惊奇他知道自己的生日，还是该惊奇他端蛋糕的手法精妙。

"曼玲说今天你生日，她才想起来，来不及订蛋糕，让我替她向你道歉，还让我陪你过。"齐谨逸拍拍自己的脸颊，让脸上现出血色，坐直了身子，"生日快乐。"

凌子筠淡淡地瞥他一眼："说谎，曼玲不会记得我的生日。"没别的意思，只是曼玲能记得她自己的生日都已是勉强，罔提在玩乐的时候还能想起凌子筠的。

话被拆穿，齐谨逸也不觉得尴尬，从容不迫地道歉："抱歉，不是故意要骗你。"他从那份资料上看到了凌子筠的生日，来不及定做蛋糕，忙完手边事情后时间又晚了，只好沿街找还未打烊的蛋糕店，好在还是寻到了一家，挑了凌子筠可能喜欢的杧果口味。

整件事说出来难免会让听的人觉得他用心诡异，于是干脆扯谎。

昨晚的事情过后，齐谨逸大概猜出凌子筠在凌家其实并不好过，便也不问管家为什么不帮他准备生日会，只认真地帮他往蛋糕上插蜡烛。

对齐谨逸干脆的道歉还算受用，凌子筠点点头，没问其他，然后很生硬地道了谢。其实自从母亲去世后，他就没有了庆生的习惯，但齐谨逸昨天刚帮了他，今天又冒雨给他带回蛋糕，任他再任性也不好拉下脸来拿乔。

他看着那个小巧精致的杧果蛋糕，伸手拈了一块果肉刚准备放进口中，就被齐谨逸拦住了手腕："蜡烛都没点，急什么？"

"形式主义。"凌子筠撇撇嘴，把那块杧果扔回蛋糕上，在雪白的奶油上砸出一个小坑。

"好歹走个过场。"确实走得十足敷衍，齐谨逸灯也不关，把数字形状的蜡烛点起，催他许愿。

凌子筠不情愿地把眼睛闭上，片刻又睁开，吹灭了蜡烛。

"许了什么愿？"齐谨逸帮他把蛋糕切分成件，"没来得及买礼物，说说看愿望是什么，可以实现的话就当礼物送你。摘星星摘月亮那种不行。"

"愿望就是希望你上位失败，分不到凌家家产。"凌子筠接过齐谨逸递来的蛋糕和叉子，嘴上依旧不客气。

齐谨逸被逗笑："麻烦你现实一点。"

他根本就没有许愿。凌子筠咬着蛋糕垂下眼，口中香甜的味道勾得一些儿时记忆涌上心头，便随口许愿道："希望能去明景湾看海。"

话音刚落就看到齐谨逸站起身，去问管家要车钥匙。

"我没说真的要去……"凌子筠差点被叉子戳到舌头，"你不是不舒服吗？"

齐谨逸被他这副生动表情惹得想笑，拿食指转着车钥匙。"开车的时候不会晕。"

这座城市本身三面环海，明景湾是一片小海湾，离凌宅最近，既然小孩想看，齐谨逸就自觉好人做到底，反正他做事一向随心，看海吹风也惬意。

"还在下雨……"凌子筠发现齐谨逸是真的打算带他去海边，难得露出几分慌乱，"蛋糕也还没吃完……"

看出小孩不是真心不想去，齐谨逸把他拉起来。"雨是水，海也是水，融在一起一样的。蛋糕带着路上吃。你衣服穿多一点。"

车子往外开出数十分钟就可以见到海，一路沿海而行，又过了十多分钟才转出公路，直接开到海滩停下。

见雨势不大，齐谨逸泊好车，一手拎着凌子筠，一手拎着蛋糕盒子，让凌子筠打伞，在细雨中踩上湿软的沙滩。

雨丝绵密，将天海穿在一起。远远的海面上有数艘航船，亮着星星点点的灯，一直铺到天际。时间不对，天气也不算太好，海滩上游人很少，三三两两聊天散步。

凌子筠穿着一件贴绒的厚帽衫，一路脑子空白地被扯过来，看着这片许久未见的风景，不知该以哪种心情面对。

人是惯性的动物，他不擅长让感情太过外露，时间久了感官就被磨钝了，什么情绪都是缓的、平的，像被薄膜裹着，心里倒数十秒就能压下。就像眼下，他以为他会心潮起伏，却只是看着起伏的海面恍惚出神。

时间仿佛跟五岁那年的生日重合了，他看见小小的自己在海滩上疯跑，在防浪堤上爬上爬下，回头时已看不见牵他来的温柔女人。

许多人在忆起某些往事的时候，会在脑中以第三视角重现当时的场景，看见自己做出种种事，像在看一部戏，这是因为人本身已经从当时的心境里走了出来。凌子筠不知道这些，他只觉得这幅画面看起来好静、好远，不像自己的故事。

齐谨逸转头想说些什么，却看见凌子筠紧抿的唇角，便自觉地隐身，让小孩理心情。

没人打扰，凌子筠不知看了多久的海面。直至雨势渐渐转小，他转头去看蹲在沙滩上堆沙堡的齐谨逸，语气平淡："玩浪漫？"

齐谨逸头也没抬，专注地修整着他的沙雕作品。"跟你有什么好玩的。"

凌子筠觉得他说得有道理，没冷言讽刺回来，蹲下去看齐谨逸在那个沙堡上拍拍打打，稍一用力过猛就拍出几道裂痕，又拿湿沙去补。

成年人在做小朋友才会做的举动，小朋友在想成年人都难以负担的心事，仿佛身份对调。凌子筠想到这一层，把自己逗笑了，浅浅地勾了勾嘴角，突然抬手指着那片海面，说："我的亲生母亲在这里。"

齐谨逸没抬头，动作却顿了一顿，又接着把多出来的沙子抹平，听凌子筠继续说道："我不喜欢人多的场合，她还在世的时候，就会跟凌景祥一起——有时是她自己，把这里包下，带我来过生日。"

他也不知道自己为什么要把这些话说给齐谨逸这个外人听，但此情此景，的确是翻出一些往事的好时机，话像是说给齐谨逸听的，又像是说给这片海听的。

"她是个爱情至上的人，满心浪漫，可惜凌景祥不爱她，她的情人也骗了她，所以她跳了海，在我五岁生日那天。小的时候不懂，大了才知道到底发生了什么事。不知道为什么，我没觉得她很可怜，只是觉得她很自私，又很脆弱。是不是很冷血？"带着湿气的海风扑面，凌子筠的语气很平静，到最后带上了几分自嘲，却唯独没有伤感。

他与生身父母一向聚少离多，连温情的时刻都寥寥无几，亲缘感实在淡薄，要让他做出伤心欲绝的姿态，有点强人所难。

豪门中爱恨情仇的故事太多、太密集，疯子并不鲜见，齐谨逸见怪不怪，拍干净手上的沙子，拉凌子筠站起身，把他的肩膀扳向大海，问："你觉得风吹过海面给你什么感受？"

凌子筠微微眯起眼，顿了顿，才道："很平静？"

"我觉得很伤感，海面太阔，留不住风。"齐谨逸耸耸肩，"你看，感受是没有正确答案的，你心里是什么感受，那就该是什么感受。"

他不过是自嘲地一问，没期待齐谨逸会如此一本正经地给出答复。凌子筠怔了片刻，低低地饿了他一声："又讲大道理。"

虽然这么说，他却意外地发现自己竟被安抚到了，连声音也不自觉地放轻很多。"她在世的时候一直都不开心，我一点也没发现。"

细雨渐息，他听见齐谨逸口吻温和却认真地说："又不是你的错。"

齐谨逸总能把普通的话语说得温温柔柔，哄得人脑热心暖，又总能把话说得坚定，不管客观看来对与错，好像只要是从他口中说出的，就一定是真理事实一样。不得不说，这很能给人以安心感。

齐谨逸将凌子筠被海风吹乱的头发理好，知道他其实不需要安慰，语气却依旧轻缓："人需要对自己的情绪负责，她做不到，是她的问题。"

凌子筠看他半天，突然轻轻笑了一声："三观不正……"

还以为面对这种情况，哪怕是出于职业习惯，齐谨逸都该说出或者做出一些刻意暖心的话或动作，没想到却是这样的一句话，效果还意外地不错。

齐谨逸没再说话，凌子筠看着映着月光的海面，微微走神。其实刚才他想说，风吹过海面给他的感觉就像齐谨逸，总能轻易地抚平他起伏的情绪，又再掀起一些别的，像风卷海浪，海面或起或伏，都由不得自己。

见小孩望着海面失神，齐谨逸伸手过来把他的帽衫系紧，抓着他领口的手像抚上了他的呼吸，话里几分随意、几分认真："下次别再浪费生日愿望了。"

哪有小孩会在过生日的时候跑到这种伤心地来？

"怎样不算浪费？"凌子筠看着齐谨逸搭在自己身上的骨节分明的手，意有所指道，"香槟跑车庄园表，限量版的那种？"

到了这种时候还能时刻记挂着自己吃软饭的形象，齐谨逸不轻不重地弹了一下他的额头以示不满，又玩心大起地低头凑近他耳边："要是没什么更好的想法，就还是叫我陪你吧！"

被齐谨逸吓惯了，凌子筠冷静地挑了挑眉，不为所动地推开他的头："那你报个价，看明年这个时候我存不存得到了。"

三言两语约下又一年，伤心地中没有伤心人。两个身量高挑的冷血动物在温柔的海浪声中说说笑笑，分食一个杧果蛋糕，堆了一半的沙堡被月光照着，似有磷光闪烁。

凌子筠次日不用上学，午夜时分，难得失眠，盘腿坐在自己房内的飘窗上，一张张翻看自己收藏的 CD，一张张听过去。他没开灯，过大的黑色耳机将他刘海压到额前，衬得他一张脸白白小小，映着窗外透进的月光，像夜生的精灵。

不像鬼魅，鬼魅有死气，他面上只寻得到少年人特有的生气，即使熬夜也足够精神，是年轻人的特权和福利。

他手侧搁着一碗姜汤，放了足量的红糖，隔老远都能闻到姜的辛味和糖的甜腻。棕红的汤水已经凉透，自前几日他们从海边回来，齐谨逸怕他灌海风着凉，日日嘱咐陈姨帮他备姜汤，叫他睡前喝下。

头两日他还乖巧，老实喝完，到了今天，他闻到这味道就反胃，这暖胃的汤品也就只有被放至彻凉这一个下场。

也许齐谨逸说他娇惯，也不是没道理。凌子筠随意地切着歌，漫不经心地想。

午夜十二点，灰姑娘的魔法失效，一道奇妙的分割线，隔绝白日里的清醒冷静，教敏感的人心思难平。不同语言的歌词因被切掉的乐曲串联在一起，像一首奇异的现代诗，凌子筠听见某句，切歌的手顿下，抬眼看墙上的挂钟。

午夜一点，对大人来说不算太晚。

他想起齐谨逸说的那句"我随叫随到"，跳下飘窗，揉着酸麻的腿，去敲齐谨逸的房门。

齐谨逸刚洗完澡，只穿一条居家裤，坐在床沿擦着头发看手机，计算着这个月的预期收益，给远在英国的会计师回信息。

房门被敲响，有节奏的三下，他有几分意外地看了一眼手机顶端的时刻，起身过去开门。

凌子筠穿戴整齐地站在门外，嗅见齐谨逸身上清爽的柠檬沐浴香，抬起视线不看他赤裸的上半身，开门见山道："应邀吃夜宵，你之前说的——作不作数？"

"晚饭才过了几个钟——你还在长身体？"齐谨逸失笑，把颈上搭着的毛巾扯下来披到小孩头上。"我去换衣服，别偷看。"

凌子筠被柠檬香气扑了一脸，皱着眉把毛巾拿下来，扔到他床上，又对他爽快应约的态度感到满意，倚着门框等他："去吃什么？"

套上一件简约的黑 T 恤，又换了条休闲裤，齐谨逸将外套披上，想了想这个点还开着的店铺，问凌子筠："你有多饿？很饿就吃牛肉火锅，不是很饿就去吃糖水，OK 吗？"

权衡了一番，凌子筠觉得自己精神太足，拿不定主意，有几分纠结地问："火锅开到几点，糖水又开到几点？"

"眼睛大肚子小！"拿起桌上的钥匙、钱包，齐谨逸走过来，拍了拍他的头，"那就先吃火锅，吃完你还有精神就逛逛，逛馋了就去吃糖水。"

"还有东西逛？"凌子筠表示惊奇，跟着他往外走。

"没东西逛，两家店都在我之前的中学旁边，风景还不错，可以散步消食。"齐谨逸笑他一副不食人间烟火的仙人模样，又叫醒管家，请管家去热车，自己候在门厅，算好了数字发给手机那端的会计师，看那边回复过来肯定的答案，心情很好地笑笑，收起手机带小孩出了门。

下了车，凌子筠落后齐谨逸半步，让他带路。

夜晚的本市很美，高楼退作远景，旧建筑被街灯照亮，街市依旧热闹，有年轻后生扎堆站在路边拦车，嬉嬉闹闹。

凌子筠没在这个时刻出过门，见什么都新奇，跟在齐谨逸身后，边走边侧头看街景，问齐谨逸："你以前在这边读书？"

"是，圣安华。"齐谨逸见他过马路都不专心，扯住他的手腕，把他让到里面，自己走在近车道的一侧。

凌子筠即刻转头看齐谨逸，微微睁大眼："你读圣安华？"本市最好的公立学校不过圣安华，恕他眼拙，没看出齐谨逸是尖子生。

齐谨逸闷闷一笑，刚想抖搂自己的身份，却听凌子筠感叹："原以为只用生得好看，原来你们行业竞争这么激烈。"

齐谨逸哑然，揉了揉额角，又被心里那丝兴味阻住了言语。他微微低下头，把脸凑近凌子筠："你觉得我好看？"

人如其名，他长得斯文俊逸，瞳色浅棕，专注看人的时候会给人一种情深的错觉。即使凌子筠已被他作弄惯了，也难免被他看得耳后一麻，只能移开视线去看他耳骨上的钻钉，小小一粒碎钻，被街灯映得闪烁。

正巧走到店前，凌子筠抿了抿嘴，扭头快走两步，自己推门进去，留齐谨逸在身后笑个不停。

凌子筠原本不算太饿，闻见旁桌骨汤的香味，又觉得自己应该可以吃很多，点单的时候见什么都想试一口，拿着笔一排排画下来。齐谨逸也不阻拦，任他在纸上乱涂，耐心地回答他不同名字分别都是牛的什么部位。

不多时，盘盘生肉送上来，凌子筠看着被一片猩红奶白盖满的桌面，才后知后觉吃不完，抿着嘴求助似的看了齐谨逸一眼。后者笑笑，叫来服务生，按价格付钱后又退了一部分菜，请他们折价卖给别桌，抑或留给后厨自用。

"'万恶的资本主义。'"凌子筠做错事有人收尾，心情微妙，勾着嘴角小声说，"他们一定在心里骂你。"

锅还没开，齐谨逸耸耸肩，帮凌子筠调蘸料。"能多赚一倍的钱，他们高兴还来不及。"

酱油蒜泥辣椒圈香菜，碗盏里黑白红绿，看着都十分开胃。他记得小孩吃辣，又多撒上一些辣椒末，才递给凌子筠："这家店每晚十一点进新鲜牛肉，现在来吃正好。"

凌子筠点头接过，拿筷尖蘸了一点试味，鲜咸辛辣，奇妙地合他的口味。骨汤滚起，他看着齐谨逸拿捏着秒数烫肉，动作娴熟，就问："你之前常来？"

"也就几次，"齐谨逸把肉片放进凌子筠碗里，"学校熄灯后很难溜出来，吃不到最新鲜的，就干脆不吃。"

肉很鲜嫩，滚过唇齿，凌子筠撇撇嘴："还说我娇惯。"又好奇地看齐谨逸："你上学时常逃学？"

齐谨逸先是抿嘴笑着不出声，被凌子筠瞪了一眼，才举手做投降状，如实回道："好啦，平均一周两次，不要学我。"

凌子筠当然没兴趣学他，只是对他这个人感到好奇罢了，又问："都是为了什么逃学？"

"你好像风纪委员。"齐谨逸笑他，用食指拔开一罐啤酒，又想起开了车，便把酒罐推给凌子筠。"很多原因啊，跟同学出去玩、赛车、唱K、吃饭、喝酒、看戏、看演唱会之类的。"

齐谨逸的青春往事大半都有林睿仪参与，与逃学有关的回忆也大都跟他挂钩，不提也罢。

凌子筠不曾逃学，也不参与同学的课余活动，听了齐谨逸的话，像磕开一枚未熟的核桃，窥见一丝青涩的青春气味，诱得自己心生向往，盼望他再多说一些："演唱会——谁的？"

"很多啊……"齐谨逸想了想，报出一些耳熟能详的人名，又问："你没听过演唱会？"

齐谨逸原觉得凌子筠作为新生代，没去飙车就已很难得，不想他简直像在过退休生活。

"没有。"凌子筠想起散落在飘窗上的 CD，撇撇嘴，大口灌下冰凉的生啤，有些羡慕齐谨逸，"怎么你们的十七岁都这么有趣，我就只有读书……"

他说得老气横秋。齐谨逸笑了一声，伸手去揉他的头，思索片刻，没说带他去听演唱会，却说："没事，等下带你去圣安华，体验人生。"

店里有些闷热，凌子筠解开领口的纽扣。他咬着酒罐的边沿，一双眼抬起来望齐谨逸，心里蠢蠢欲动："非法入侵，被校警抓到怎么办？"

他的眼真是太天真，齐谨逸竟被他望得有些不自在，垂眼喝了一口可乐，才找回自己的镇静，拿些话来讲笑："那就跑啊！你别吃太多，等下跑不动。"

凌子筠送白眼给他，知他在说笑，却不知为何心里只有兴奋期待，没有担心。

小店客源颇多，桌子空了又满。齐谨逸并不饿，象征性地陪凌子筠吃了半盘肉，就搁了筷子，视线放在小孩身上。被他说中，凌子筠的确是眼睛大肚子小，没吃多少就饱了，又不好意思再浪费，便假装休息，小口地喝着啤酒，看着邻桌的人拼酒划拳。

他们二人生得出众，放在人群中足够打眼。有闲下来的服务生倚着柜台，注意到他们二人的视线走向，小声地跟同事讨论着。

他们聊得兴起，天马行空地乱猜，其中一句正好卡在店内音乐换歌的间隙，不偏不倚地穿过热闹人声，传到了齐谨逸的耳朵里——"这么宠……"

齐谨逸循声望过去，聚作一堆的服务生立刻推搡着作鸟兽散，欲盖弥彰地去后厨催菜。

齐谨逸心里觉得好笑，又把视线转回小孩身上，看着凌子筠线条流畅的脖颈，心想这话要是给他听见，肯定又要抓住自己冷嘲热讽一番。想到小孩炸起毛、眼神凌人的样子，齐谨逸没忍住，低低地笑了几声。

凌子筠听见笑声，一脸莫名其妙地看过来："怎么了？"

对上他的眼，齐谨逸一瞬失语。

只是普通的某夜，店内人声嘈杂，骨汤香气浓郁，顶上白灯冷照，身下坐着的不过是塑料椅，并不够诗意也不够美，可凌子筠表情疑惑，眨了眨眼，扇动的长睫如蝴蝶振翅，卷乱一路气流。

脑中涌进那晚小孩安睡的画面，以及他坐在副驾，他冷眼讽笑，他乖顺垂眼——帧帧幕幕，纷纷杂杂，最后定格在小孩望着海面失神的侧脸。

　　"没什么。"齐谨逸站起身，避开凌子筠的视线，"是不是吃饱了？去圣安华？"

　　凌子筠仍记挂着未吃完的几盘肉，听见他的话，如释重负地搁下筷子，勾着嘴角点头。

第四章
校园游

圣安华整个一座旧欧式的建筑，占地面积不算大，葱绿的爬山虎和牵牛花盖过大片砖墙，有勒杜鹃生在铁围栏之间，处处是景。主楼侧边是一座高耸的钟楼，有已沦作装饰的巨大铜钟，铜钟下是钟面，桃心样的时针指向花体数字二与三之间。

　　齐谨逸坐在高高的围墙上，一手握着顶端尖锐的铁护栏，笑望着下面的凌子筠："翻得过来吗？"

　　凌子筠不似他般身手矫捷，学着他的样子试了几次，都抓不住要点，次次踏空，还差点擦伤手心，埋怨地看着齐谨逸："你耍我！"

　　忍住笑，齐谨逸故意叹了口气："真是好难带坏你。"

　　齐谨逸示意凌子筠再试一次，在他又一次差点踏空的时候，一把抓住了他的手，手臂用力，让他借着自己的力攀了上来。

　　不等凌子筠松一口气，齐谨逸便跳进花园，稳稳地落在地上，拨开身边灌木繁花，回身望着仍坐在砖墙上的凌子筠："跳下来。"

凌子筠看着花中人，微微挑眉："是不是要说你会接住我？"

"被你猜中，你会读心？"齐谨逸依言张开手臂，笑着催促："快点，过三分钟有校警巡逻到这边。"

有风扬起凌子筠的薄外套，他直直往下落，扑进齐谨逸怀里，将齐谨逸撞得往后踉跄两步，摇碎一地落花，又皱眉抱怨："你怎么这么不专业？"

齐谨逸被他身上的药味和酒气撞了一身，又被他的话惹笑："你是电视剧看太多。"

齐谨逸扶人站稳，拉着他往稍隐蔽的角落走去，好避过巡逻的校警。

刚刚站定，凌子筠侧头看他，拂开落在他发间的花瓣。酒意醺人，凌子筠不小心踩碎地上一根枯枝。

"嘘！"一束电筒光照过来，齐谨逸在他们被发现之前迅速躲在树后。他动作很急，手轻轻按住凌子筠的肩。

电筒照亮他们脚边的空地，凌子筠不敢出声，亦不敢动作，与幽静校园的花草香气织成一张密网，将自己困牢其中。

见校警走远，齐谨逸低低地笑了两声，问怀里的凌子筠："现在够不够专业？"

凌子筠即刻推开他，瞪他："你才是电视剧看太多！"

齐谨逸对上他深黑粹白的眼，但笑不语。

有晚风应景地吹过，揉碎其中一人的笑声，带走另一人酒后的红晕。

过了数分钟，齐谨逸抬腕看表，心中估算了一下时间，告诉凌子筠："校警已经回警卫室休息了，可以大方闲逛，不用顾忌。"

凌子筠听了后挑眉望他一眼。"平均一周两次？"难为他过了这么多年，还能记着中学时的巡逻时刻表，可见当时逃学逃得有多猖狂。

齐谨逸厚着脸皮答："记忆力好。"

其实是因为那时林睿仪总不记时刻，被校警抓包好几次，他才替林睿仪背下时刻表，好时时提醒。如今人都已经快忘了，当时的心情也淡去，这些无关紧要的琐事却还记着。

花园很美，繁花丛丛，非洲有小孩渴死饿死，这里的夜灯却不知羞耻地昼夜长明，照得人影绰绰成双。凌子筠踏着石子路，能想象出有学生早起在这儿背书，边走边说："环境好好，适宜读书。"

齐谨逸笑了一声："好学生才会这么想。明明是适宜谈恋爱。"

"也是，风花雪月。"凌子筠看着齐谨逸，想从他面上找出十年前的模样，也许会生青春痘，也许不会，也许就是这个样子，未曾变过。

凌子筠问："你也在这里谈过恋爱？"

"当然。大好年纪，挥霍感情。"齐谨逸答，领着凌子筠逛过花间小路，又去看迷你人工湖。

凌子笃任他领着，一一把景色赏遍，脑中勾画出一个女生模样："白色头箍，长发披肩，清水素颜，校裙过膝，怀里抱着原版书？"

完全不对。齐谨逸不露痕迹地笑答："你当我活在二十世纪七十年代？我读书的时候，女生个个改短校裙，穿泡泡袜，衬衫买最小码，追影星，上课的时候偷偷补妆，传阅言情小说。"

凌子笃想到自己的女同学，点头："现在也差不多。"

两人又谈了几句女生，齐谨逸状似不经意地问："没女生追你？"

"以前有很多，后面凌家……你知道的。"脑中刻意略过了一个名字，凌子笃耸耸肩，满不在意："你呢？"

"好多，"齐谨逸指了指脚下，"可以从这里排到学校门口。"

凌子笃笑他自恋，又不喜他的风流："所以你三天换一个？"

心想自己在小孩眼里的形象到底是有多糟糕，齐谨逸揉了揉额角，笑道："怎么可能，我很长情的。"

凌子笃显然不信，嘴角那丝嘲讽的弧度很明显："你长情？"

齐谨逸摊手，说出只对自己有利的那部分实话："我初恋谈了三四年。"之后近十年没有再确定关系就是了。他指向湖边憩亭："还差点在那里被教导主任抓包。"

身边同龄人都以三个月为上限分分合合，以年做单位的计数确实很能证明一些问题。凌子笃不看那憩亭，只垂眼看着脚下的碎石，说："那你还回来这里追忆往事？"

"有什么好追忆的，都说了是往事。"昨日种种譬如昨日死，齐谨逸说得坦然，又想捉弄他，就微微眯起眼。

凌子筠见齐谨逸表情就知他目的，神情坦荡，反将一军："那还记得这么清楚啊？"

齐谨逸看着他，这种感觉就像有人要引你注意，却不想说破。

齐谨逸弯起嘴角，话里几分逗趣、几分真意："既然这样，那不如我们把整个圣安华走一遍，就当跟往事做个告别，好不好？"

终于轮到凌子筠哑然。冰凉的酒气从胃中漫涨上心头，他心中几种莫辨的情绪掺杂交织，嘴角要弯不弯："你是假长情，真薄情。"他感性的一面在为齐谨逸的那个初恋感到悲哀，理性的一面则觉得齐谨逸的这个提议很好。

齐谨逸没答他上一句话，捏他鼻尖，说："想什么呢？"

"没什么。"凌子筠拍开他的手，又安静了数秒，倏然不甘示弱地把手放在他肩上，故作凶狠道："敢对曼玲不好，我不会饶了你。"

齐谨逸又被他张扬的话语惹笑。小孩的指尖很凉，像柔软的冰，齐谨逸伸手揉他头发，笑着答"好"。

于是就真的带他一一走遍校园角落。

他们只是简单地并肩而行，闲聊看风景，几句琐事、几声笑谈，无关风月，已足够温情。年少时与另一人一同走过的地方、踩下的脚印、洒落的笑声、争吵与泪水，已被尽数踏过覆盖，刷新所有痕迹。

齐谨逸一边回答凌子筠的提问，一边走过曾经熟悉如今却稍显眼生的风景，心中一丝涟漪都无，连物是人非的感慨都生不出来，看什么都只觉得寻常。

一向如此，他做什么都全凭兴趣，事事上心却不入心，说斩断的就可全然斩断，哪怕是旁人珍视的往日回忆，于他而言也不过是昨日旧事，再没有挂在心上的必要。

凌子筠说得对，这样的他实则最是薄情。

"喂——你怎么走神了？"凌子筠见齐谨逸答话漫不经心，微微撇嘴以示不满，"还在想初恋？"不等齐谨逸出声解释，他用手肘轻撞齐谨逸的腰侧，玩笑道："惜取眼前人啊！"

齐谨逸想着这句"惜取眼前人"，怔怔发愣。

原来用语气激人这样有趣，怪不得齐谨逸总爱这样逗自己。见齐谨逸望着自己失神，凌子筠觉得自己终于扳回一城，心情莫名愉悦，伸出五指在他眼前挥挥："曼玲她那么美，又有钱，是你的福气！"

怎么会有这样的人，可憎可恶又可爱。齐谨逸终于回神，简直对他束手无策，不知该气还是该笑。

"是，我的福气。走吧，不是还要继续逛？"

凌子筠一时想起在海边那夜，齐谨逸低头替自己系紧帽衫的样子，有海浪声在耳边卷起，像那首早些时候坐在飘窗上听到的歌……

逛遍楼外花园，赏完缱绻繁花，齐谨逸带凌子筠从侧门溜进教学楼。他拨弄着门上旧锁，感慨道："过了这么多年，这个坏锁都没人换，安全意识亟待提高。"

凌子筠不常做坏事，不敢出声答话，只紧贴在他身后，才觉得安全少许。

"别怕，"齐谨逸把锁打开，回身拍了拍凌子筠的头，"不会有事。"

那就是不会有事。凌子筠放松下来，又说："才没有怕，被抓到又不会怎样。"

齐谨逸抿起嘴角笑，带他走上二楼，去看自己之前的课室。

楼道很宽敞，没有灯，只有月色照明。凌子筠垂眼，小声说："你怎么这么喜欢照顾小孩，练习当爸爸？"

齐谨逸话中有话："不是你说要我对曼玲好的？"

齐谨逸看着张牙舞爪的凌子筠，笑得停不下来，心里却软软的，被凌子筠捶了好几下，才忍住笑，好言认错："好啦好啦，走，给你看我中学时的照片，好不好？"

站在照片纪念墙前，齐谨逸在密密麻麻的照片中找了半天，反而是等得不耐烦的凌子筠凑过来，一眼就看到了他，伸手点了点："这个？"

照片中的齐谨逸十八岁，比现在的凌子筠还大一岁，理着标准的学生头，面庞生嫩，抿嘴对着镜头笑，的确有让人排队追求的资本。

自觉不够好看的旧照总让人尴尬，齐谨逸不好意思地摸了摸鼻子，"嗯"了一声。

"拍得还不错啊，好青涩。"凌子筠看着照片纪念墙一本正经地点评，"一点都看不出来十年之后会长成没正形的大人。"

齐谨逸揉着额角哭笑不得，盼望凌子筠赶快看完走人。

凌子筠却不顺他的意，又去看照片下的纪念语。别人都写对未来的期盼和憧憬，齐谨逸的纪念语却独树一帜，写的是：人生苦短，及时行乐。

笔锋遒劲，张扬肆意。

凌子筠无言以对地看了齐谨逸一眼，后者扶额垂头，企图逃避自己的过去。被他这副掩耳盗铃的姿态逗乐，凌子筠揶揄他："现在看得出了，会长成没正形的大人。"

"好啦凌先生，"齐谨逸按住他的肩，想把他推走，"我们去看看课室，好不好？"

刚刚在齐谨逸面前失态，凌子筠自然是想找回场子，站在照片纪念墙前不肯走，问："哪个是你初恋？"他看向一张年级合照，手指掠过一些清秀的女生，挑了一个最漂亮的，指着她问："是不是这个？"

"眼光好好，这是我们班花。"齐谨逸曾婉拒过她的情书，不过到现在仍是好友。"你找不到的，近毕业前一个月，那人就出国了，没参与最后合照。"

"可惜。"凌子筠其实不想听齐谨逸提起旧事，却又矛盾地忍不住想问："你们因为这个分手的？"

"当然不是，"齐谨逸拍他的头，"只是不合适，就分手咯。"

他侧过头看齐谨逸，下意识地追问："怎样才合适？"

齐谨逸微微眯起眼，说："可爱又懂事的就很好——再好看一点就更好。"

"这样……"凌子筠撑着下巴，不知在思忖什么，"怪不得你会喜欢曼玲。"

齐谨逸用食指点点他的眉心，暗笑他不解风情，又问："你呢，喜欢的都是什么样的人？"

心里某处不愿被触碰的地方一震，凌子筠垂下眼。

他的声音太浅太低，齐谨逸没听清他说了什么，但能察觉到他心情低落了下去。不知道是哪里触到了小孩的逆鳞，齐谨逸只好举手投降，不再继续话题，转而问："还想不想逛别的地方？"

小孩貌似心情不佳，齐谨逸便带他到操场吹风。

绿茵球场，红胶跑道，两侧篮球场上有蓝色篮筐，旁边一排灯柱极高，照亮一方天地。本就只是一霎的烦忧，风吹即散，凌子筠心无杂念地左右看风景，明明他自己就是学生，不过看了也不觉无趣，转头问齐谨逸："你会打球，还是踢球？"

"我打篮球，大前锋。"齐谨逸答，指了指教学楼："球队拿到的奖杯现在还放在校长室。"

凌子筠就盯着他的脸，想象出十七岁的齐谨逸束着发带，着球服灌篮的样子。

"你呢？"齐谨逸捏了捏凌子筠覆着一层薄薄肌肉的手臂，他体型修长，不打篮球有点可惜。

"也打篮球啊——之前。"凌子筠走进篮球场，看着不远处的篮筐，做了一个三步上篮的动作。他动作轻盈，手指轻易就能擦到篮筐。

"弹跳力很好啊你！"齐谨逸略略有些惊讶，笑着称赞他，"还想说你不会的话可以教你，可惜，少了一个表现的机会。"

凌子筠没接他的话，样子也并没有很开心。晚风好凉，吹得人惬意至心，又很温柔，拂过发际眉梢，时刻美妙，就不该想到烦心的事。想到齐谨逸说的与往事告别，便抬眼望他："你可以再教一遍，当我不会。"

"这么配合？"齐谨逸失笑，依言走过去站在篮架边。"三步上篮，再一遍，你刚刚脚步不对，多了一步，犯规的。"

凌子筠耸耸肩，假装运球，绕了个弧线，踏出两步，起跳……

"喂！"齐谨逸瞳孔一缩，上前一步接住他，见他站稳，才话带责备，"出哪只脚都可以，但不要中途改啊，会扭伤的！"

齐谨逸蹲下身去，卷起凌子筠的裤腿，细细检查他的脚踝。

凌子筠看着齐谨逸的发旋，发觉这个人明明高他半头，却总是在他面前低头，在他身侧堆沙堡，替他系帽衫……

确认他没有扭伤，齐谨逸松了一口气，站起身来，听见小孩低低地问："要是我扭伤脚，你会不会背我去校医室？"

"当然。"不知道他为什么这么问，齐谨逸本以为他在开玩笑，但看表情又不像，不禁一脸莫名。

见小孩听见答复后垂头不语，不知在想什么，齐谨逸笑一声小孩心思复杂，开始讲些自己身上发生的校园趣事来逗他开心。

凌子筠倚着球架，听他讲述他的校园生活，思绪渐渐被他带偏，想着十七岁的齐谨逸，早起来球场练球，接过女生送来的饮料，放学后翻墙出去看戏唱K，直至天光大亮才躲过校警，回到课上补眠——竟觉得自己不曾体验过凡此种种，好可惜。

齐谨逸笑着揉他的头："怎么会可惜，你不才十七？大把的光阴。"

听齐谨逸这么说，凌子筠才惊觉自己把心中所想说了出来，有些尴尬地抿了抿嘴。他想说他不是因为觉得自己没有做过这些事而感到可惜，而是——而是什么呢，他自己也想不明白。

夜深风凉总让人徒增忧思，有什么东西由心底往上翻涌，摸不到也理不清。情绪压抑太久的后果就是，等你想去抓住心中情绪的时候，却连这情绪是什么都分辨不清了。

他看着身侧宽阔的跑道，心里纷扰，脑中嗡鸣，烦躁一霎冲上头顶，竟蓦地往前跑，像在逃离什么，又像在奔向什么。

齐谨逸被他突然的动作吓了一跳，下意识地跟着他步上跑道，可他跑得太快太激烈，竟一下子冲出去很远。

看小孩只是沿着跑道在跑，没做其他的事，齐谨逸就当他心情不好想发泄，缓下脚步，站在原地等他。

凌子筠很快跑完一圈回来，但太久不做运动，一时失氧，气喘吁吁地往前倒，被齐谨逸稳稳接住。

"抓到你了，"他笑着说，"也接住你了。"

缺氧让大脑昏沉，同时又意外地清醒。凌子筠抓着齐谨逸的外套边缘，嗅见自己身上的药味，在昏沉和清醒的交界处想着——他被想逃离的东西抓到了，又被想奔向的东西接住了。

齐谨逸坐在看台上，座椅下有洗不掉的锈迹，等着被翻新。小孩枕在他腿上平复着呼吸，手背盖在眼眶上。

"你跑什么？"齐谨逸轻轻抚他胸口，帮他顺气，"发酒疯？还是怕被校警抓，练习逃命？"

呼吸仍乱，凌子筠说话断断续续，像在读诗："想到……一首歌的片段……但是……想不起歌词……也想不出来……是什么歌……以为跑一下……可以理清思路。"

齐谨逸总能被他轻易地逗笑，闷闷笑了两声："好学生就是聪明，锻炼身体又锻炼思维。"又说："什么片段？你唱一下，我帮你想。"

凌子筠沉默了片刻，在齐谨逸以为他睡着了的前一秒，他轻轻浅浅地哼唱了一小段旋律。

小孩的音准很好，齐谨逸细想片刻，从头唱了出来："寂寞也挥发着余香，原来情动正是这样，曾忘掉这种遐想，这么超乎我想象……"

凌子筠没说话，亦没喊停，也没拿开盖在眼眶上的手。颈后的体温太暖，即使现在已是深宵，也不让人觉得凄冷，耳边似又听见卷起的海浪声，很舒缓。

齐谨逸的嗓音很有磁性，比园中繁花更缱绻，比晚间微风更温柔，不算全无瑕疵，却足够动人，唱出他记挂了一整晚的歌词："……但愿我可以没成长，完全凭直觉觅对象，模糊地迷恋你一场，就当风雨下潮涨……"

是了，风雨下潮涨。

下午课两点半开始，凌子筠一点半就到课室坐定了，随手拿书翻看。

午间回家时并未看到一向在家中无所事事的齐谨逸，问了管家才知道齐谨逸今天有事外出，说是可能会晚归。

背上的贴布肤感凉凉，药劲渗入皮肤，是早晨在齐谨逸的督促下贴上的。一身药味弄得他心情不太好，书页上的字也只能看出字形，组织不成词义，看不进脑子里。

都说少年不识愁滋味，他觉得心烦意乱，理不清缘由，便都归因于齐谨逸出门却不跟他打招呼。

可齐谨逸出门跟他有什么关系？又有什么理由要跟他报备？齐谨逸不过是曼玲的情人而已，能挤出时间陪他都已是附赠福利。凌子筠嘴唇抿起，盯着手中的书出神，原想自我开解，却把自己绕得心情愈差。

有风从半开的窗中吹进来，只让他觉得冷，全无齐谨逸在身旁时感受到的那种温情。

课桌前突然站定了一个人，在他桌上投下一小片暗影，切断了他的思绪。凌子筠抬头去看，见是表情不善的叶倪坚，便视若无睹地低头继续看书。惹他心烦的事实在够多，无须叶倪坚来"添砖加瓦"。

叶倪坚被踢伤的腿还在隐隐作痛，见凌子筠低下头去假装没看到自己，愈加火大，伸手抽走他手中的书，反手将书脊砸在他手臂上，看他皱起眉，才觉得心情稍缓，笑了笑："那天让你跑了，那个人是谁？"

近日来，他们家在生意场上处处吃亏碰壁，事事不顺，各家长辈忙得焦头烂额，几个孩子都被家里严加斥责，叫他们不要在外面胡乱惹事，冲撞贵人。叶倪坚嗤笑一声，当他们活在旧社会。见凌子筠不答话，他心中憋火无处发泄，用力一脚踢上桌子，桌腿拖出一阵刺耳噪声："问你话！"

"跟你有什么关系。"凌子筠一贯坐得很直，脸上没什么多余的表情给他，眉都没皱，只是声音冷得如冰似雪。

"哦——"叶倪坚拉长声音，坐到前座的椅背上，做出恍然大悟的样子，"我知道了——"

凌子筠心情本就烦躁，没等他说完，便一拳携风送到了他脸上，打断了他的臆测。

没想到他会突然出手，叶倪坚躲闪不及，被他结实打中嘴角，霎时青红一片，嘴里也尝见血味。叶倪坚瞪大眼睛，犹如被激怒的狮子，反扑过去，与凌子筠扭打在一起。有同样早到的同学像见鬼一样避到角落。

叶倪坚贴到凌子筠耳边，咬着牙威胁道："这几天先放过你，你小心点！"说完便嫌恶地把他松开，理好衣服，回了自己的课室。

凌子筠脸色难看地把倒下的桌椅扶正，坐回座位时才发觉自己手脚冰凉，连书都拿不住。

窗外的树梢上有叶片被风卷落，他捏着手中书页，满腔愤懑委屈寻不到出口，只得甩开书，把头埋进手臂，话音低低："烂人。"

临近上课，陆续有同学说说笑笑地步入课室，谁都没注意到坐在角落的凌子筠。他撑着脸侧，侧头看着窗外风动树摇，远处操场上有人在打球，笑声传得很远。

看不清面目的人着红色球衣，运球上篮，篮球进筐落地，像落在他心上，把他的思绪砸得零零碎碎。

他性格不好，自小就不合群，连跟同学打球都是勉强参与，偏偏又在球场认识了叶倪坚。他扭伤了脚，被叶倪坚送去校医室，自此相熟。叶倪坚这个人遍身活力，好似自身就能发光发热，走到哪里都一呼百应。这样的人以一种强势的姿态成了他的好友，却因为过于强势而使得凌子筠日渐对其敬而远之。

后来每每遇到凌子筠，叶倪坚都犹如见到臭虫，之后再见面时就只有送到他身上的拳头，拳拳到肉，一点点将旧日情谊砸回心底，让他又少了一样原本就欠缺的情感。

原来认真告别真的有用。凌子筠此时看着球场篮筐，脑中只想得到那晚慌乱地接住自己，又蹲下身去替自己检查脚踝的人。

这让他感到安全又安心。

他抿起嘴唇，放空了几秒，左手在这几秒内越过大脑擅自行动，拿出手机解开锁屏，按下了那个备注名为"齐生"的号码。

冰冷的电子音间隔数秒响起一声，三声后电话被接通："阿筠？"

齐谨逸没有开车来，而是站在学校侧门等他。

小孩没背书包，领带解开挂在肩膀上，不紧不慢地走过来，见到齐谨逸时面上也没什么表情，淡淡地说："不好意思，突然不想上学。"

齐谨逸装作没看见他指骨上的红肿和脖子上的勒痕，心中想着又可以多送几家产业给大哥庆生了，面上却无所谓地点点头："我懂，春天不是读书天。想去哪里玩？我陪你。"

接到电话时，齐谨逸正跟林睿仪吃饭。数年未见，当时的感情早已过期变质，两人刚刚落座，礼貌寒暄一番，前菜都还未上，就进入了双方都无话可说的尴尬状态。凌子筠的电话正好打来，如同救场，他便没管欲言又止的林睿仪，说有急事，道歉结账，叫车赶来他们学校。

凌子筠回望了一眼教学楼，又看向面前的齐谨逸，有点茫然地摇了摇头："不知道想去哪里……也不想回家。"

学校有叶倪坚，家中又冷冰冰，整座城市那么大，却不知道去哪里，能找到的人也只有眼前的齐谨逸。

少见小孩这副失落的模样，齐谨逸动作轻柔地理顺小孩的头发，口吻很和缓："那就不回家。"

总能被他轻而易举地安抚下来，凌子筠心中情绪稍定，想说不如开车兜风看景，就看了一眼他身后，随即表情有点意外地问："你没开车来？你那辆宾利呢？"

"不是我的，还回去了。"齐谨逸正低头看手机，如实答了。他几年没回来，不知道有什么新鲜去处，只好发信息问齐骁，结果齐骁说话不正经，没发几条就变成了互相调侃。

凌子筠才发现他穿着正装配牛津鞋，西服修身有暗纹，领带和系带为同一色系，领带夹也搭了袖扣，看起来风度翩翩，挑不出一丝错处。以为他今日是去见别的情人还车，又见他对着手机笑，好不容易平复下来的心情又是一片乱糟糟，烦躁郁结更甚，连从他身上汲取到的温情都感觉变得廉价，忍不住伸手把头发揉乱，像是想抹掉齐谨逸的触碰。

齐谨逸本想阻拦，但见他顶着一头乱发，眼中雾霭沉沉，就知他是真的心情不佳，便从容地从烟盒里抖出一根烟抽着。

齐谨逸本来不抽薄荷烟，但买烟时不知为何拿了这种，抽起来倒冰冰凉凉，不涩不苦。

凌子筠看着他手里的烟，雪白的滤嘴上印着一枚蓝色爆珠，不禁愣了半晌，半天没有动作。他抬眼看向齐谨逸，记得他是不抽薄荷烟的。

"大少爷？"见凌子筠还在发愣，齐谨逸又从烟盒中抽出一根，捏破爆珠，点燃后动作自然地送到唇边。

冰凉的薄荷烟气灌入肺里，齐谨逸咬着烟蒂，除下西服外套搭在手臂上，又扯松领带，解开几颗纽扣，挽起袖口，语气随意地向凌子筠抱怨："好不习惯穿正装，一点都不舒服，当大人好累。"

他嘴里咬着烟，说话含含混混的。凌子筠看着这样的齐谨逸，奇怪他为何总是这么随和又放松，好像从没有什么事能让他忧心挂心，让人站在他身边就觉得安定。午后的日光照着他耳骨上的钻石耳钉，碎钻闪闪烁烁，引得什么东西在自己心里一并闪烁起来。

什么使自己心中烦忧？

没见到齐谨逸，现在见到了。

叶倪坚来找事，叶倪坚是哪位？

齐谨逸有情人，跟自己又有什么关系？

校园总是大同小异，不过花园校舍球场。人做的事也都大同小异，侧重的却从来不是事而是人。

不似齐谨逸那般轻松随意，少年人最爱仪式感。他于脑中截取出与齐谨逸夜游圣安华的幕幕画面，将那些温言笑语细致地嵌进空落落的心房，将另一个名字留下的痕迹悉数覆盖、挤出。这举动无关情爱，情与爱都太厚重，他只要舒心。

眼中终于云消雨霁，凌子筠暗笑自己矫情做作。他微微弯起嘴角，推了推齐谨逸："喂，去影院看电影好不好？"

猜不出一瞬一变的少年心事，齐谨逸对上凌子筠的笑眼，不知他为何突然软化了态度，却盲目地见他开心便替他开心，点头应好，打开软件叫车。

这家商城位于市中心，初开业，即便是工作日也足够热闹。齐谨逸和凌子筠一人着正装，一人穿校服，在如织人群中显得有些格格不入。

这个月的排片很普通，扫过一圈也没找到想看的影片。齐谨逸见不得凌子筠脸上败兴的表情，想起方才齐骁在信息里说这里有私人影院，便问："朋友说顶层有私人影院，不如去那里，选想看的影片看？"

不想凌子筠却挑眉看了他一眼，嘴角幅度极小地弯了起来，话里有话："朋友？"

原来小朋友没他想象中那么不谙世事，齐谨逸哭笑不得地自证清白："你都在想些什么！是我一个堂弟，我刚刚问他带中学生去哪里玩比较好。"

原来他刚刚看手机是在问这个，凌子筠心情又明媚了些许，点点头："那我们先随便逛逛，等学校下课，我请同学帮我们订影厅。"

家中就有影视厅，也有游乐室，凌子筠不爱出门，都是听班上同学闲聊，才知道有什么新鲜的东西好玩。一次同桌说起他们家刚投资了一家购物中心，顶层有私人影院，给他特地留了一个专用小厅，他常带女友去那里，说是气氛很好。

想起同桌陈安南的描述，凌子筠微微一顿，看了一眼身侧的齐谨逸，又把头转开，眼睛看着前方。

齐谨逸顺着他转头的方向看去，见是商城里的游戏机厅，以为他想去玩，便十分干脆地拉着他往那边走。

凌子筠一愣，想说他对街机没兴趣，又解释不了他刚刚的出神，只好任齐谨逸扯住他的手腕，带他去换游戏币。

铜色的游戏币哗啦啦落到小篮子里，被齐谨逸用塑封袋装好。周围环境很嘈杂，乐声人声都很喧闹，灯光也暗。他掂着手中铜币，稍稍放大了些声音问凌子筠："要玩什么？先说好不玩跳舞机，我年纪大骨头硬，跳不动。"

凌子筠被他逗笑，左右扫视过一圈，避过擦肩的行人，到一款射击游戏机边站定排队。

"怎么不玩投篮机？"齐谨逸跟过去，他其实不爱热闹，也早过了爱打街机的热血年纪，单纯地站在凌子筠身边陪君子。

排在他们前面的少男少女正叽叽喳喳地说笑，凌子筠与他们稍稍拉开一些距离，侧头答道："体育课上不限次数免费投，有什么好玩？"

齐谨逸开玩笑地赞他："游戏币都用在刀刃上，够贤惠持家，要向你学习。"

凌子筠送了个白眼给他作为回应，正准备调侃回去，站在前面的少女突然回头转向他们，脸颊涨红，微微低头，有些兴奋又羞赧地问："……可否要你的号码？"

凌子筠少见如此直接的搭讪，一瞬不知该如何作答，下意识地看了齐谨逸一眼，又见那女孩抬起头来望向齐谨逸，才知道她问的人是他。

不知出于何种心态，他微微往齐谨逸身边挪了一步，手松松握拳，想替他答"不"。

齐谨逸感到好笑地看着他的小动作，手掌轻轻撑在他背上，问那女孩："大冒险？"

游戏被拆穿，女孩跟她身后的同伴齐齐大笑。她揉了揉脸颊，先是点头，又看着齐谨逸的眼，大胆说道："不过也是真心话啊，你长得很好看，交个朋友好不好？"

她的话顿时引来同伴兴奋的高呼，少年人特有的高分贝十分突兀，人们纷纷向他们投来目光。凌子筠不爱这种目光，整个人里里外外都觉得不自在，周身气压渐渐滑低。

察觉到身边低下去的气压，齐谨逸摆摆手，笑着与她商量："谢谢你称赞，你也很可爱。不过给了你号码，我家里人会不高兴，不要让我难做好不好？"

他语气足够和善，女孩也不觉尴尬，只是有些遗憾，知难而退地识趣点头，迅速揭过这页，回身与同伴继续新一轮的冒险游戏。

见他没顺势勾搭小女生，"家里人"果然没有不高兴，心内的低气压消散了一些，撇撇嘴角，扯着齐谨逸往外走，嘴上假意抱怨："明明我比你好看，她当我透明人。"

"现在流行叔叔款啊，温柔可靠，知心贴心。"齐谨逸摊手，没问他为何不继续排队。

"你是文质彬彬，人面兽心啊，齐生！"凌子筠照例戗他。

生疏的敬称被凌子筠软软的咬字弄得陡生几分稚气，齐谨逸顺势往这氛围中添火，半开玩笑地回话："我是真心换真心。"

原本只是争胜的玩笑，当他仍在说笑时，凌子筠抿嘴推了他一把，笑道："又装情圣。真心好值钱？把情话留着拿去哄曼玲，不要用来骗小孩，浪费。"

曼玲就好像《盗梦空间》中的那枚陀螺，转碎梦醒，时时警醒着凌子筠。齐谨逸无奈地摇摇头，拿食指点他眉心："你啊……"

不懂这声叹息缘何而来，也不想去寻根究底，凌子筠躲开齐谨逸的手指，像在躲一份不知该如何处置的心情。他望见不远处有个雪糕店，便说："我去买雪糕，你站在这里。"

想起刚刚的搭讪事件，他没走两步又回头，交代道："不要跟陌生人搭话，以免走丢。"

可爱、可恶、可爱，齐谨逸笑着乖乖应声，见雪糕店前有人排队，便回身就近找了台机器夹公仔消磨时间。

算是难得找回的青春回忆之一，那时林睿仪爱夹公仔，他就陪他夹遍整座城市的大街小巷。后来假期一同去日本游玩，从东京夹到京都、大阪，别人按美食路线或者景点路线走，他们沿途找夹公仔机，一家家店夹过去，战利品多到要直接在日本打包寄回国内。

回来后不久他们吵架，一人去了欧洲，一人去了北美，也不知道那些公仔如今下场如何。

现在的他独自夹着公仔，不过看着玻璃柜里散乱的公仔柔软可爱，懵懂又无辜，只觉得像某个小朋友。

少时读过的矫情书刊里总说，当人总能轻易地从一些无关的事物联想到某个特定的人时，那就是在意。齐谨逸勾起嘴角，不觉这说法正确，却也没否认它有些道理。

不似外面的夹公仔机被做过手脚，这里的机器还算有良心，爪子很紧，也不会提前松开，奈何他手艺生疏，技术太差，几次都找不对位置，白白浪费了十几个币。

再一次失败的时候耳边传来一声轻笑，齐谨逸有点懊恼地望过去，凌子筠咬着一个双球雪糕，站在旁边看他。视线交会，凌子筠的嘴角又弯出了嘲讽的弧度，却不是恶意的那种。凌子筠爱看这样的齐谨逸，他跟自己见过的其他大人都不一样，没有架子也不虚伪，真实又有温度，像口中的甜蜜，有助于愉悦心情。

凌子筠摁亮手机屏幕递给齐谨逸看："我同学说已经订好影厅，让他们先打扫消毒，要我们吃过晚饭后过去。"

"哦，好啊。那现在你想去玩点什么？"齐谨逸靠着机器。

大情圣难道不是最会夹公仔哄女孩子开心？凌子筠又咬了一口雪糕，毫不留情地嘲笑他："游戏币也要用在刀刃上，我不玩了，给你多留点币夹公仔。"

机器的提示音还在响，红色指示灯在不算动听的乐声中一亮一亮。齐谨逸闷闷地笑，把凌子筠推到机器前："好啦，我技术不好，你来你来。"

凌子筠耸耸肩，把手上的雪糕递给他，又投了几个币进机器，挪动机械爪。里面的公仔被齐谨逸的烂技术弄得很乱，奈何凌子筠天赋过人，第一次试水就夹中了一个。他蹲下身去拿出那只大耳史迪奇，在齐谨逸眼前晃了晃，表情得意："很容易嘛！"

齐谨逸看着他发亮的眼，笑着揉他的头发。"很厉害啊你！"

夹到公仔所获得的成就感巨大，凌子筠对齐谨逸的夸奖很是受用，看着一排机器中不同的公仔，打算一台接一台夹过去。

小孩专注于征服下一台机器，齐谨逸见手上的雪糕要融不融，便咬掉了要化掉的部分。椰子杧果双球，两种甜味在柔软的舌尖融合，有已经融化的液体滑过他的虎口，他便没多想，伸了舌头去舔。

几口把雪糕吃完，抬眼才发现凌子筠正看着自己。

乐声叮叮当当，玻璃罩里的机械爪虚虚落下，只抓住了空气。

青春期的情绪总是来势汹汹，比酒意更容易上头。凌子筠从口袋中掏出纸巾扔给齐谨逸擦手，另一只手仍僵僵地插在口袋中，有些尴尬又有些不知所措，指责他："吃掉别人的雪糕，没礼貌。"

他气齐谨逸做出这种行为，语气中带着几分恼羞成怒的意味，像只被扯到尾巴的奶豹，又冲又凶。

齐谨逸抱着做工精良的史迪奇，奇怪地看着表情莫名羞恼的凌子筠，不懂他在生什么气，便给他拍背顺气，笑说："好啦别生气，等等赔给你行不行？雪糕也要赔，你怎么这么小气？"

凌子筠仍窘，瞥他一眼："我又不是曼玲，白送东西给你。"

话虽这么说，可曼玲不是"白送"东西给齐谨逸。凌子筠侧头看着那只无辜的史迪奇，未退尽的情绪催生出一口郁气堵在胸中，闷得他不爽，迁怒地瞪了一眼齐谨逸，又觉得自己好似在发神经，居然羡慕一只公仔。

他伸手把史迪奇抢过来搂住，揪着公仔的大耳朵，面色不善地看着齐谨逸："你惹我生气，怎么办？"

小孩总爱庸人自扰，他整个人散发出来的气息又闷又委屈，像只胀气的河豚。齐谨逸自觉好笑，知道他不会为一支雪糕生气，但又猜不到真正的原因，无法对症下药，只好接话道："那我送东西给你赔礼好不好？"

反正都是用曼玲的钱。凌子筠仍在生闷气，即刻回答："不要。"

齐谨逸的态度太好，凌子筠闹完脾气又开始怀疑自己是否有些过分，顿了几秒才闷闷地问："你要送我什么？"

齐谨逸纵使见惯他的脾气，也忍不住笑起来，又在再一次惹恼小孩前收住了笑声。齐谨逸思索片刻，点了点自己耳骨上的耳钉，问："你有耳洞吗？送个耳钉给你好不好？跟我这只一样的。"

他耳骨上的钻钉已戴了有几年，颜色微微偏蓝，本是一对，被来自欧洲小国的设计师赋予了一串无意义的意义，具体内容他早已记不清，只觉得落单的另一只若是戴在小孩耳上，应该会很适合。

想起望见他耳上钻钉闪烁的几个瞬间，凌子筠垂下眼，小声咕哝了一句："谁要跟你戴一对。"

"那就算啦，先记在账上，以后你想到要什么我再送你。"齐谨逸耸耸肩，往前走出几步，"那请你吃饭？晚上想吃什么？"

身后的人却没动，片刻后才低低地说："没有。"

齐谨逸转回身去："什么没有？"

"没有耳洞。"凌子筠脸上依旧没表情，抬手指向一边的文身店："不过那里可以打。"

这家文身店既然能开在这种地方，便不会有什么大问题。确认过店里的仪器足够干净，齐谨逸坐到凌子筠身边，看着墙上贴着的各种成品图，突然问店员要了他们店内的文身图册来看。

"这些都好丑。"凌子筠用指尖点点店员拿来的一板穿耳钉，小声地跟他抱怨，"要戴多久？"

"至少七天，"齐谨逸随意翻着图册，计算着图案的大小，思考着用什么样的图来做遮盖比较好，"实在不喜欢可以让他们换，应该还有别的。"

凌子筠嫌麻烦，摇摇头，在一片彩色水钻穿耳钉里选了唯一不带水钻的最普通简单的样式。

店员给穿耳钉消完毒，拿了酒精笔和耳钉枪过来，问："想打在哪里？"

凌子筠原先自然地指着耳垂，等店员把笔点上去后，突然又摆了摆手，看了一眼正低头专心看图册的齐谨逸，手指沿着自己的耳郭往上滑，指尖落在了耳骨上。

店员循着他的视线望过去，了然地帮他校正了位置，拿过镜子给他照着确认："是这个位置吗？"

"到底在做什么啊你，凌子筠？"他在心里这么问自己，却找不到答案，只是这么想了，就这么做了。他点点头。

耳骨被抹上酒精，好似齐谨逸抽的薄荷烟那样凉。他听见耳钉枪扎进自己肉里的声音，"噗"的一声，先是什么感觉都没有，之后才是钝钝的胀痛传来。

"打好了哦。"店员做完一系列动作，又拿镜子给他，他却摆手不想看，认真听店员嘱咐一些打完耳洞后的注意事项。

齐谨逸见那边收工，转头刚想去问凌子筠痛不痛，却被他抢白："你身上有文身？"

"有啊！"齐谨逸笑答，"抽烟文身喝酒，样样都有。会不会觉得我是坏人？"

"谁说有文身就是坏人……思想老旧。"凌子筠习惯性地反驳道。他不想被齐谨逸看到耳洞的位置，便拿手掌轻轻拢着耳朵，假装撑着头，问："文的什么？"

"你想知道？"见小孩点头，齐谨逸大方地解开几颗纽扣，拉下领口，露出锁骨下方一个花体的英文字母。

文字的面积不大，即使凌子筠是外行也能看出来文的手艺很好，线条流畅又清晰，肤面也平整细腻，只是颜色有点暗沉，微微发青。

俗人。

文在这个位置，想也知道有什么意义："文的曼玲？"

不等"俗人"出声解释，他就起身往外走，自问自答地点头道："曼玲看到会很开心。"

他动作快得拦都拦不住，齐谨逸无奈地搁下图册，走到柜台结账，拿出手机约齐骁、齐添明天见面。

凌子筠并未走远，只站在门边等候，玻璃橱窗映出他的身影，修长利落。齐谨逸抱着公仔出来，一眼便看到他发红的耳郭，以及那个与自己打在同样位置的穿耳钉。

齐谨逸走过去，连说出的话都很轻，好像微风："……痛不痛？"

凌子筠后退一步，撇开头去不与他对视，然后摇了摇头。

"阿筠——"齐谨逸拖长声叫他，看他表情变化就知他立马要让自己别再这么叫他，忍不住笑了一声："文的不是曼玲啊。"

既然是前任，薄情如齐谨逸，那文身有和没有也没区别了。凌子筠越发轻易地在齐谨逸面前展露出任性的一面，翻白眼给他："文的是谁跟我有什么关系。"

凌子筠心里烦躁早已经不是因为曼玲。他搞不懂自己到底在想什么，也搞不懂自己乱七八糟的情绪起伏，如果这就是青春期的滋味，那这滋味也未免太过复杂。

撇开乱糟糟的心情，凌子筠戳戳齐谨逸怀里的史迪奇，完全忘记刚才自己也做出了类似的举动，点评道："这做法好俗，又好蠢，文别人在身上难道不会后悔？"

齐谨逸乖乖接受教育，又怕他多想，便认真解释："是很早之前文的了，跟你差不多大那时，年轻不懂事嘛！后悔倒是还好，不过一个图案，也没什么感觉。"

果然是这样，凌子筠勾勾嘴角。"别去洗啊，听说很痛。"

"这么关心我？"见小孩没再不开心，齐谨逸也笑起来，"刚刚就在想要遮掉，约了人明天设计图案。"

凌子筠微恼地瞪他一眼，望见他没系好的纽扣，帮他理好领口，随口问道："所以文的是哪位？"

一个人远远地看见了他们，随着渐渐走近，脚步也愈快，直到在他们身侧站定："阿谨？"

听见这道声音，齐谨逸面色一僵，脸上温柔的表情悉数化作无奈。

第五章
看电影

一个是自己的旧友，一个是误以为自己在吃软饭的外甥。

一个是在吃自己继母软饭的小白脸，一个是不知从哪儿冒出来的陌生人。

一个是自己的旧友，一个是自己旧友的新友。

三人围坐在餐厅里，桌上烛火闪动。人人坐姿端正，气质出挑，餐巾叠于腿上，谁也没先开口自我介绍。气氛莫名胶着，连服务生都不敢过来递菜单。

修罗场莫过于此。齐谨逸觉得头疼，揉了揉额角，在心里叹气，怕小孩又不开心，便站出来打破僵局："阿筠，这是林睿仪，明恩律师事——"

"你好，这是我的名片，"林睿仪看见凌子筠绣着校徽的领带，又看见他刚打上的穿耳钉，面上带着得体的微笑递卡片过去，"刚好来这边逛街，没想到这么巧。中午跟阿谨在餐厅吃饭，他有要紧事离席，是去——"

"是，你好。"凌子筠接过那张烫金名片，看也不看便随手递给齐谨逸，侧身招手叫来服务生。"不好意思，请给我们上一下菜单。"

他不知道这个林睿仪哪儿来的自信要给自己下马威，还打断齐谨逸的话。何必强调中午在哪家餐厅吃饭？

林睿仪姿态强硬，目的显而易见，只是凌子筠见识过齐谨逸对待旧友的态度，对这个人自然生不起气来，有的只是事不关己的幸灾乐祸和一些凉薄的同情。

齐谨逸知道林睿仪的个性，原先怕凌子筠吃亏，结果看小孩嘴角微弯，是那种眼熟的嘲讽弧度，便也忍不住勾起了嘴角，觉得自己多虑。

林睿仪依旧镇定，不再说话，三两眼扫过菜单。一别数年，他拿不准齐谨逸现在的口味有没有变化，点菜时便没有做主，三人各自单点，等菜单被服务生收走，才以一副怀念的语气开口："阿谨，你还是没变。"

明明中午才见过面，却把这句话拿到现在来说，齐谨逸不拆穿他，只笑笑作为回应。说真的，除了性别，他不知道自己有什么是没变的，连家底都变得更殷实了一点。

"就连爱夹公仔都是。"林睿仪的视线在凌子筠怀里的那只史迪奇上流连，"啊，以前我们抓过一只一样的，你记不记得？"

一样又如何，全世界的人不都是两只手两条腿一个头？凌子筹想起齐谨逸花了五十多个币都没夹到一只公仔的懊恼模样，咬着杯沿忍笑，乐得喝水看热闹。

齐谨逸倒是认真想了想，才略带歉意地笑着说："是吗？我真的不记得了，之前你夹的公仔太多，又都放在你家里。"

"现在还在啊，我都没动过。"林睿仪收回视线，又笑谈几句夹公仔时的趣事，见齐谨逸一一接话，便放松了一些，循序渐进地铺开话题。

开胃的沙拉做头盘，凌子筹屏蔽掉噪声，将橄榄、番茄、生菜拨开，只吃奶酪和熟金枪鱼。齐谨逸看见他的动作，微微皱眉："把蔬菜吃掉，你伤还没好，营养要均衡。"

几片叶子能有什么营养？但见他在林睿仪面前对自己展露关心，凌子筹便也不驳他的话，乖乖把生菜啃掉，又吃了几片番茄。

齐谨逸没说是什么伤，林睿仪笑得依旧得体，也很关切地看向凌子筹："你身体不舒服？我家中有人在做医师，可以帮你做检查。"

"不用，"凌子筹停下刀叉，仪态大方，"齐谨逸前几日已带我看过医生，没什么问题。"

明明叫的是全名，却因为他年纪小的缘故，听起来反而更加熟络亲昵。齐谨逸觉得他的小心机可爱，笑着望他，又"收获"一个白眼。

他们之间的互动和氛围都太扎眼，林睿仪闻见凌子筹身上贴布的药味，没再多问，把话题转移到自己跟齐谨逸的旧事上，只当凌子筠不存在。

凌子筠插不上话，也懒得插话，有条不紊地喝汤用菜，等到主菜上来后便自顾自地浇酱汁切牛排，把两人的对话当故事听，听他们浓缩在校园中，被自己跟齐谨逸一一踏过的青春往事。

齐谨逸跟林睿仪那时不过十五六岁，两人都冲动又要强，情绪来去汹涌，最后止步于互不妥协。齐谨逸刚成年时家里父母闹离婚，他又整天与林睿仪掰，内外交困，最后耐心耗尽，跟林睿仪决然断交。林睿仪以为他不过说笑，负气同意，不想他直接与自己断绝所有联系，飞去英国读书。

没有太过深刻的过往，无甚特别，不过寻常。但无论当时如何，往事在时过境迁后重提，总会带上一层被柔和美化过的滤镜。齐谨逸说话一向和气，气氛渐好，林睿仪把握着谈话的节奏，逐渐把话题从回忆过去转移到设计将来。

"我们还说要一起去北欧，好天真啊那时！"林睿仪撑着脸颊，眼里有恰到好处的憧憬，"你说我们还有没有机会一起去？"

"你现在也挺天真的。"凌子筠想，"去也是跟曼玲去。"

他置身事外地看着斜角对坐的两人，曾经交好过，一同度过年少时光，如今却疏离生分，讲出的桩桩往事都好似过期罐头，食之无味。一个进一个退，话题来来往往都撞不到一起，拉不近一分距离，不禁觉得可叹。又想，少时总是天真烂漫，火气够足又不知什么叫让步，像他们二人这样可能是不少校园情谊的结局吧。

　　如果结局都会变成这样，那他是不是该庆幸叶倪坚高抬贵手，放他一马？

　　性格使然，他不似齐谨逸拿得起放得下，想到叶倪坚就不免情绪低落，找不回曾经的欣喜滋味。

　　他闷闷出神，又尖戳着西蓝花不动，齐谨逸以为他实在不爱吃，自觉地将西蓝花都叉到自己盘里，又想起还没回林睿仪的话，便抱歉地笑笑，出于礼貌没把话说绝："你工作那么忙。"

　　没说绝就是有余地，有余地就是有机会，有机会就志在必得。林睿仪一向喜欢得寸进尺步步紧逼，含笑望向齐谨逸："有年假啊，可以请出来。"又同样含着笑意看向默不作声的凌子筠："对不对？"

　　得寸进尺不是坏事，得意忘形才是。

　　林睿仪说话的同时亲昵地拍了拍凌子筠的背，并没收着手上的力气，正好拍在凌子筠背上的伤处。

　　凌子筠被痛感唤回心神，他一向能忍痛，所以没出声，只是嘴角没了那点弧度，抿了起来，垂眼拿睫毛盖住了眼里的情绪。

　　"埋单。"齐谨逸突然放下叉子，喝水清口，把信用卡递给拿账单来的服务生，也没看表。"不好意思，电影快开场了。"

　　林睿仪一愣，不可置信地看了看腕表："不是说八点半？还有四十五分钟。"

"抱歉，还要带阿筠吃甜品。"齐谨逸接过服务生还来的信用卡，对林睿仪点点头，"改天再约。"

他拉起凌子筠的手腕，不再看林睿仪，两人出了餐厅。

一路走到露台，齐谨逸才停下脚步，皱着眉问："他是不是弄疼你了？"

"有一点，但还好。"凌子筠没打算帮林睿仪开脱，林睿仪明明闻见自己身上的药味，不拍手不拍肩却偏偏要拍他的背，能无辜到哪里去？

害小孩无辜受罪，齐谨逸眉头不展，诚挚地替林睿仪向他道歉，又说："对不起，我也不该让他跟我们一起吃饭。"

凌子筠点点头，他其实对这件事没太挂心，被林睿仪针对的那一点点委屈也被齐谨逸果断离席的举动抚平，只是因为刚刚想到了叶倪坚才心情不太好。

齐谨逸从口袋中拿烟出来抽，然后一只手小心地检查了一下凌子筠刚打上的穿耳钉，动作很温柔："不会有下次了。"

"怎么会有下次，你很爱跟那种旧友吃饭？"凌子筠乐得被齐谨逸哄，笑着调侃他。

叶倪坚与身边的齐谨逸比较，林林总总，都让现在的他不知当初自己怎么会结识叶倪坚这样的烂人。

意识到自己在想什么、在拿谁做类比，他恍惚地望向身侧的齐谨逸，像浓雾裹住雨滴，任风吹也吹不散。

"他是误会了，才害你受牵连。"齐谨逸背靠栏杆，"我是说，不会再让你受委屈。"意识到自己做出了太过越界的承诺，齐谨逸有些烦躁地拨了拨被风吹乱的头发，没看见小孩脸上复杂的表情。

露台下城市灯光璀璨闪烁，露台上两人不约而同地陷入了沉默，各自想着心事，晚风又缓又凉。

齐谨逸想着事情，指间的香烟拖出长长的烟灰，被风纷纷吹落地，半天才终于理清了思绪，轻声开口："曼玲的事……"

手机铃声突兀地响起，打断了他想说的话。他拿出振动不停的手机，屏幕上显示曼玲来电。凌子筠也看见了，没出声嘲讽，转身往商城里走。

齐谨逸叹了口气，接起电话："喂？曼玲啊——"

蒋曼玲的声音依旧轻快有活力，她配货配到稀有皮质的Constance（爱马仕的一款包），又在秀场认识了一位法籍德裔设计师，说是一见钟情，撇下姐妹团，二人浪漫游巴黎，记挂着让齐谨逸帮她推荐餐厅，打电话过来监督订位进度。

"昨晚就订好啦，怕你们的浪漫撑不过周末，订了又要取消。"齐谨逸揉着额角苦笑。她的性格太烂漫，男人都嫌哄她像哄女儿，常常只几天就被她吓跑。"撑过这个周末就破纪录，祝福你！"

凌子筠已够心乱如麻，不想再听齐谨逸跟曼玲谈话，把他远远甩在后面，只留了个不会让他跟丢的距离，低头看着手机，根据手机里陈安南的指示找路。

"阿筠？他很好啊，这几天我都在陪他。"那边哀哀抱怨了几句凌子筠都不跟她亲近，也不跟她谈心事。齐谨逸听得无奈，知道跟她传授育儿经是对牛弹琴，只能说："你对小孩都没耐心，哪有小孩愿意跟你交心。"

蒋曼玲又撒了几句娇，突然说："对了，你开导他一下啊，我觉得他好似……"

齐谨逸脚步一顿，没接话，不自觉地握紧了手机，听见那边说："虽然我不常见到他，但我感觉……应该是这样，哎呀，我怕他在学校会被人欺负啊！——他又不跟我讲学校的事情，你多关照他一下嘛！"

她总是一开口就停不下来，不等齐谨逸说话，又软软说道："景祥只有他这个儿子，既然他肯跟你亲近，你就照顾一下嘛！"

齐谨逸忍不住扶额笑起来，觉得曼玲真是既通透又单线思维，既暖心又跳脱，想得那么长远，仿佛事情还没定下一二就已经过了一关。他打断曼玲的喋喋不休，往前快走两步："好啦，我会照顾他的。等下还要看电影，先不说了。"

"看电影！"那边笑着惊呼了一声，"我怎么没想到！不说啦不说啦，我也要叫老皮陪我看电影！"

"好好好……"他一连说了几个好，那边已经迫不及待地挂了电话。

收起手机再抬头，凌子筠正站在影院门口等他，脸上没什么表情："讲完了？"

齐谨逸短暂的烦躁被一通电话消除不少，他笑着揉了揉凌子筠的头发，确认过影厅的位置，说："你先进去，我等下进去找你。"

没应声也没问他想看什么，凌子筠抿嘴点头，自己转身进去选电影。

不等齐谨逸进来，凌子筠选好影片，自顾自地开始放映。灯光暗下来，他除下鞋子，抱着腿缩在宽大的沙发上，看长刘海盖住眼睛的李嘉欣出现在色调灰暗的画面里，色调一会儿切成红色，一会儿又转绿，有电车的背景音反复擦过耳膜，让人觉得心情渐静。

凌子筠其实一直很想跟别人一起看王家卫的电影，只是没有找到合适的人选，就全都留着没看。说来奇怪，不知道为什么，有齐谨逸在身边的很多时刻，比如初次看见他站在花园的立灯下，比如看见他开车时的侧脸，比如看见他被床头夜灯剪出的侧影，比如在圣安华的跑道上望见他向自己伸出双手，心里都会有种模模糊糊的感觉，觉得如果能跟这个人一起看王家卫，应该会不错。

方方面面点点滴滴，齐谨逸总能左右自己的情绪，让自己心思难平。

电影里扮作杀手的黎明收好枪，踩着语音含混节奏跃动的背景音乐坐上公交车，此时齐谨逸正好推门进来。

"都不等我。"嘴上这么抱怨着，齐谨逸把手上的东西递给凌子筠，然后坐到他身侧。

凌子筠打开手里的塑料袋，里面是一份打包好的杨枝甘露。偏酸偏苦的西柚被换成了偏甜的红柚，椰浆很浓，是他喜欢的甜腻口味。

又来了，这种温柔熨帖的细心，勾住他朦朦胧胧的心情。他没说话，拿勺子一口口舀起吃完。

影厅里冷气很足，两人坐得很近，是一偏头就可以靠到肩上的距离。两人舒适地陷在沙发里，目光专注地盯着画面，看李嘉欣在暖色的画面里吸烟、点歌、绞紧双腿，色调缠绵又暧昧。

不知从哪里看到过一句话，说"沉溺于情欲的人才像真实的人类"。凌子筠的脸被屏幕上闪烁的光影照得忽明忽暗，他看着这画面，不自在地换了个坐姿。

环境催生出一股尴尬的愤怒，他突然转头看向齐谨逸，脸上忍住表情，手指紧紧地攥起。

电影正放到金城武出场念自白，他仍固执地看着齐谨逸，一动也不动。

齐谨逸没出声，时间好像在他们两人中凝住了，只有银幕上的光影在流动。一直沉默到黎明第二次踩着乐声去杀人，齐谨逸才开口问："怎——"

凌子筠眼底微微泛红，冷冷的声音里夹着微不可察的颤抖：

"你跟那个阿嫂，还有那个开宾利的，到底是怎样？"

他情绪突然激动起来，齐谨逸怕他扯到身上的伤，语气极尽和缓："凌——"

凌子筠不想听他说话，刚打了穿耳钉的耳朵涨红得快要滴血，也不给他开口解释的机会，伸手想去扯掉那个穿耳钉。

齐谨逸手疾眼快地按住了他的动作，可他仍然挣扎着想去扯掉那个让人尴尬的穿耳钉。

"你干什么啊！"齐谨逸稍稍用力把他的手制住，"你听我说话好不好！"

他却像听不见齐谨逸的话一样，从齿间磨出声音，像只困兽："到底给了你多少钱?! 到底多少?!"

释出心中的憋闷，凌子筠的情绪竟倏然退去，紧张和忐忑迟钝地漫上心头，开始自厌地想为什么要这么做。他像做错了事般，双手捂着脸，倒在沙发上一动不动，气恼地不说话。

齐谨逸想安慰凌子筠，凌子筠却不敢看他，然后迅速恢复到面无表情，坐正："不要说话，看电影。"

脾气发泄完就翻脸不认人，齐谨逸闷闷地低笑出声。齐谨逸笑着擦去他鼻尖上的薄汗，挨着他坐下，伸手揽了揽他的肩。

电影还余下半场，如凌子筠设想的那样，齐谨逸非常适合陪自己一起看王家卫，他总能寻到恰当的时机同自己交流，也能在自己被对白触动的时候感同身受。这种体验很奇妙，他在心中盼望这场电影能无止境地放送下去，好教齐谨逸能一直陪着自己。

影片临近尾声，金城武的摩托车载着李嘉欣，驶入长长的隧道，李嘉欣说出那段著名的念白。齐谨逸侧头看他，看见他微红的眼尾，才发现他几欲落泪。

凌子筠不知道自己是怎么了，明明不觉得剧情感人，却有泪蓄在眼中，只要眨眼便会落下。

片尾曲响起，演职员表开始滚动。凌子筠觉得自己狼狈，狠狠闭上了眼。

齐谨逸问："现在让我说话了吗？"

凌子筠没有抬头，点了点头。

点点小孩穿耳钉后面的耳托，齐谨逸叹口气，轻声开口："我刚刚就想跟你说清楚了，我不是曼玲的情人——没有曼玲，没有阿嫂，也没有开宾利的人……"他顿了顿，语调无奈又宠溺："我只是不想以被误会的身份跟你相处，结果你连解释的机会都不给我，还生我气。"

温柔低沉的音节敲进耳中，凌子筠强忍了半天的眼泪不受控地落下，只当他又在哄骗自己。

齐谨逸手忙脚乱地替他擦泪，连连道歉："你别哭啊……是我不好——"

"没有，不是因为你，"又故意误解了齐谨逸的道歉，凌子筠摇了摇头，双眼红红，仍要嘴硬，"只是剧情太感人。"

他睁着眼睛，眼中的泪像是流也流不尽，齐谨逸便啼笑皆非地帮他擦脸。凌子筠总是这样，少年本该肆意张扬，他却总是隐忍又别扭，倔强又懂事，心口不一，心思细腻难辨，心事深沉复杂，像只迷途幼鹿不辨西东。

齐谨逸顺着他的话说："那下次看喜剧好不好？"

凌子筠发觉他很爱跟齐谨逸约"下次"，因为总是会成真。他微微垂头，依旧问得很认真，不带讽刺也不是反问："还有下次？"

齐谨逸轻声笑笑，帮他把外套扯过来穿上："不喜欢跟我看电影？"

凌子筠止住眼泪，头更低了一点，抬手套上外套，手指捏着拉链，硌得指尖发痛："你想看什么？"

"周星驰的老片？"齐谨逸想了想，答得很认真，"只有小时候看过一些片段，长大就找不到机会看了。一直想跟别人一起看，但是又好像没什么人可以一起看。"

齐谨逸很喜欢一些无厘头的笑点，小时候只有周末归家才被准许看电视，又要被家人催着早睡，只能偷偷从门缝听楼下传来的电视声，极力忍住笑。长大后总觉得这份情怀珍贵，在简单的事里掺入了太多仪式感，好像只要跟别人一起看，就分享了这份童年回忆一样。

他轻撞了一下凌子筠的肩膀，笑着说："能跟你看的话，感觉会很不错啊！"

凌子筠怔怔地抬眼看他，低低地说："好，我也想看。"

王家卫和周星驰，如果触动的点和笑点都能同步，那这个人，定然非常适合一起看电影。

齐谨逸打电话叫了凌家的车来接。二人出了影院就仿佛重回人间。商城中灯火通明，冲散了电影的氛围，把所有思绪都驱逐回了心底。走进影院时凌子筠心乱如麻，走出影院时他仍大脑混乱，只有在影院中那两小时是轻盈的，犹如一场美梦。

他眼睛红肿，任齐谨逸牵着，安静地走在其身边。

司机下车替他们拉车门，他们一并坐上后座，隔开一定距离。

齐谨逸一坐上车便条件反射地觉得头晕，半合上眼，头侧靠在车窗上。

车子发动，凌子筠记起齐谨逸会晕车，犹豫了一下，拿了一瓶水递给他。

齐谨逸有几分意外地看了凌子筠一眼，接下那瓶水，又闭上眼。

车子一路驶回凌宅，齐谨逸揉揉额角，请保姆拿了条热毛巾过来，帮凌子筠敷眼睛。

凌子筠在豆袋沙发上坐下，看着齐谨逸煞白的脸色，伸手接过他手里有些烫手的毛巾。"我自己来就好，你去休息。"

"赶我走啊？"齐谨逸坐到凌子筠身边的地毯上，发觉他变得体贴许多。

"是关心你。"凌子筠倒进豆袋沙发里，把毛巾叠好敷在眼眶上，热度慢慢渗进皮肤，很熨帖。

齐谨逸失笑道："很乖。"

凌子筠忽然低声问："我有多少额度可以用？"

齐谨逸以为凌子筠在讲笑话，笑着揉了揉他的头发："给你一张黑卡，无限额随时使用好不好？"

"真的吗？"凌子筠按住齐谨逸的手，"空口无凭，要立字据按手印的。"

"我什么时候骗过你？"齐谨逸觉得他可爱得让人挠心，眼里都是笑意，"立字据按手印？"

"也不是不行吧！"凌子筠微微仰头，眼前顶着毛巾，嘴角勾起，像在说梦话。

齐谨逸眼睛微眯，笑得很温柔："我们新世纪的进步青年要的是自由。"

凌子筠把真心藏在轻浮的态度之下，轻飘飘地说："行吧，那我领个号码牌，轮到我时麻烦告知我一声。"

齐谨逸笑着摇摇头，觉得自己真是败给他了，微微叹息："你啊……"

齐谨逸收回手，撑身站起，嘱咐他记得换药，睡觉时不要压到耳朵，又跟他道晚安。

凌子筠摆摆手，听见自己房门打开又关上的声音，陷在豆袋沙发中没动。

眼前的热毛巾渐渐凉下来，他撤掉毛巾，手指寻不见一丝余温。

齐谨逸洗漱完毕，倒在床上跟设计师约时间去检查房子的装修进度，好做调整。

头枕在松软的羽毛枕里，没讲两句正事，思维稍一放松就想起了凌子筠。不似凌子筠那般自欺欺人纠结反复，他一贯随心，直面自己的感受没有半分难度，难的只是他不知道凌子筠想要的究竟是什么。

早已过了为情绪所忧扰的年纪，成年人有成年人的方式，也有成年人才需要考虑的事。他锁掉手机，手背搭在额上，细细想着凌家的现状、蒋家的态度、自己在英国的产业……

人都需要对自己的情绪负责，认清自己的所求和真心，不管结局如何，都要尽力安排好一切事情。

脑中列出的事项被逐条理清，被压下的困意慢慢涌上来，不一会儿，齐谨逸就沉沉入眠了。

床铺空荡荡的，凌子筠跑得比谁都快，一大早就遁去学校了，连招呼都不跟他打。

洗漱过后换好衣服下楼，刚在桌前坐定，管家便递了张帖子过来，说凌子筠今晚有一场酒会要参加。

"酒会？"齐谨逸扫了一眼，把帖子合上还给管家，手指叩着桌沿，"曼玲还说了什么？"

"说如果您无事的话就请陪少爷同行。"管家让保姆把凌子筠的正装拿出几套来，让齐谨逸帮忙参考。

这种程度的酒会不过是找个场合，给年轻后生们提供一个交流熟识的机会罢了，而按他的身份和辈分，于情于理都是不该出现的。猜曼玲的意思，估计是想让他去帮凌子筠撑场面。也不想他出国快十年了，又不打理家中生意，那些小辈怎么会认得他是谁，就连凌子筠一开始不都以为他是吃软饭的小白脸？

"她让我以什么身份去？"齐谨逸习惯性地去揉额角，幸好那酒会订在自家酒店的宴会厅里，不然他还要费心去问人要帖子，"好，知道了，我会看着他的。"

他发信息给设计师改了约见的时间，又把跟齐骁齐添约好见面的地点改为齐家大宅，替凌子筠选好衣服，跟管家交代了一声，请他替自己保密行程，又说："我回齐家取车，晚点会自己过去，不必派司机来接。"

临出门前他停下脚步，看了一眼保姆正挂着熨烫的西服，想起自己也有一身同系列的相近款，心情愉悦地转了转挂在食指上的钥匙。

"要做遮盖？"齐添读的是艺术，他摊开画本，拿支铅笔在上面随手乱画，几笔便勾出一个栩栩如生的齐谨逸。

齐谨逸懒懒地靠在沙发上跟凌子筠发信息，那边行文简洁地告知了他自己晚上有酒会要参加，又闲闲写了几句上课很无聊。

他回了个符号表情过去，掌心里的机器就沉寂了下来，没有再收到回复。

他锁上屏幕，抬眼看向齐添，叹了口气。事过境迁，种种往事，如今解释都解释不清，说了也没人信，只能有气无力地说："都是'当初'咯，时代在进步嘛！"

齐添"啧"了一声，嘲讽他只见新人笑，不闻旧人哭，又问："那你想好要做什么图案了没？"

"想好了就不用请你出山啦，大设计师！"齐谨逸收起手机，想着该文怎样的图案。

齐骁一直在观察他的动作和表情，突然说："和凌子筠关系缓和了？"

齐骁笑着眯起眼："我看你是又卖温柔，扮知心献殷勤，骗人家缺爱的小孩子吧！"

齐骁再了解齐谨逸不过。他天生一身亲和力，对所有人都是一副温柔模样，挂着一张笑面，看起来事事关心，实则全不上心，每说一句话都是温柔陷阱，扮诚恳信手拈来，等他全身而退，别人还要审视自身，以为是自己的问题。

尤其在商场上，最狠不过笑面虎，说的就是他这种人，事了拂衣去，徒留伤心人。

大体被说中了六七分，根本性质却完全不同，齐谨逸耸耸肩，不与齐骁争高低，只说："他不一样。"

齐骁像在听他讲笑话："怎么不一样？小孩子最麻烦了。"

"不麻烦啊，他要怎样就怎样咯，"齐谨逸答得轻巧，"又不会怎么样。曼玲肯定站我这边，那蒋家也就站在我这边了。凌老头子已经在ICU躺了半年，能管什么事？凌家那几位世伯养在国外的小孩少说也有三四个，本来也轮不到凌子筠继承。他要是真的想要凌家的家产，那我帮他争咯，或者把齐家属于我的产业送他都可以，比凌家值钱吧？……你们这是什么表情？"

齐骁和齐添瞠目结舌地看着他。齐添喝水压惊，齐骁问他："齐家的产业？哥哥，你知不知道你自己在说什么啊？"

齐家不似别家内里刀光剑影兄弟阋于墙，几个同辈之间关系好得简直超现实，不是因为他们懂谦让性格好，知道要兄友弟恭其利断金，而是他们太明白什么该争什么不该争。就好像齐骁早早投身黑道，齐添选择读艺术，齐谨逸刚成年便避走国外，大家明面上都说是兴趣使然，真正的原因不过是两位兄长为首，从小接受的栽培教育就与他们的全然不同，他们也清楚兄长们确实比自己有能力，有能力把控齐家，也有能力弄死他们，才避掉锋芒，本分地拿着属于自己的一小份产业，各走旁支，让自己手上的产业升值，再一齐回过头来支援齐家，才有了齐家如今和谐繁荣、一家独大的景象。

换言之，他们现在手上所拥有的齐家产业，都是他们牺牲了野心和私心才换来的安稳保障，是一份委曲求全的例证，而齐谨逸居然就这样随口把它许给了凌子筠。

齐骁无话可说，只能抱拳："OK，我服，你们仙人的层次太高，我望尘莫及。"

"不说这个啦！"齐谨逸笑着推了齐骁一把，看向齐添。"我大致想好了几个元素，拜托你帮我组合设计一下。Breaux（布鲁）的画过两日从英国直接寄到贵府，麻烦你尽快出几张稿子，不然我都不敢展示。"

宴会厅顶部呈穹隆状，正中的吊式水晶灯从意国定制，垂下来的粒粒晶石都切分完美，四射出璀璨流光，华丽大气又不显得刻意。会场里举杯交谈的皆是面孔青葱的小辈，年纪最大的也不过二十三，不像在会所派对或是赛车场中那般放得开，举手投足间的动作有些生涩，却都已初显出了一派上层社会的气质。

凌子筠对这类活动一向能避就避，原本想一直拖到十八岁成年礼，可惜这次凌家世伯亲自发话，一定要他参加，纵使他再不情愿，也只能乖乖地按 dress code（着装规定）着西服打领结，端着香槟步入会场。

他当然不会主动与人攀谈，清楚他身份的人也不会贴上来，更不会有人在这里找他麻烦，所以他只用挂着微笑，尝点酒味，便能完成任务，倒也能够接受。

跟几个相熟的面孔简单打过招呼，他就敛回了脸上的表情，找了个角落安静地当壁花少年。

齐谨逸拿着香槟倚在厚重的帘幕边，半个身子陷在阴影里，视线从凌子筠踏进会场的那一刻起便绑定在了他身上，看着他贴上微笑的假面与人打招呼，转身后又迫不及待地收起，一派闲适地站在角落，一个人喝着酒，还一副心情很好的样子，真是十足可爱。

没忘记曼玲的嘱托，齐谨逸以凌子筠为圆心，打量了一下会场里的人，不出意外地看见几个那晚围堵过他的人。

齐谨逸没有现身的打算，这本来就是晚辈的主场，他只用远远地看着，保证凌子筠不出大问题就好。

毕竟这种为了组建交际网而设的场合，从来不缺想借机往上爬的人。华灯映射下，齐谨逸眼睛扫过一圈会场，简简单单便识别出几个表情拘谨、眼神又难藏野心的男女。

齐谨逸觑着眼睛，看见其中一个女生与身边正谈话的男伴低语了一句，那男伴不耐地摆摆手，她便捏着裙摆，朝洗手间的方向走去。

如果他没认错的话，应该是王家的女儿和黄家的儿子。他记得黄家眼下在竞标一个大项目，放出的风声都说十拿九稳，正是扬眉吐气的时候，而王家从两年前就难掩颓势，这个月却突然有了复苏的势头……

不过两分钟，王家女儿就走了回来，却没按原来的路线走，而是从桌上端了杯酒，往凌子筠那边走了过去。

齐谨逸挑了挑眉，抿了一口杯中爽甜的香槟。

王敏仪从刚才就一直在偷偷关注这个少年，又见他身边没有女伴，也没人与他攀谈，当他不是哪个落魄世家的小公子，就是被人塞进来衬场的小明星。原本因他长相对他生出三分好感，又在想起自家即将签下的那笔单子后多生出了几分把握，就找了个借口，撇开黄家的那个肥猪，朝他走了过去。

凌子筠的心情从收到那条只有简单两个符号的短信后就一直很好，手指捏着耳骨后的穿耳钉尾部转了转，打算多喝几杯，在这里再站三十分钟就即刻回家见那个发信人。

他眼里的笑意掩都掩不住，被那个看了他半天的男人尽收眼底。

"你好。"

清亮的女声在他身侧响起，凌子筠即刻从少年心境里抽离出来，却来不及调整出规整礼貌的表情，有几分意外地看过去。

王敏仪见他慌乱，更加确定了心中的猜测，微微抬了抬下巴，笑着与他打招呼："认识一下？我是王敏仪。"

她身上那种志在必得的攻略性气场太过明显，凌子筠眉峰轻轻一挑。在他们的圈子里，只有两种人会在自我介绍的时候用上"我是"这两个字，一是名字很有分量的人，二是觉得自己的名字很有分量的人，而眼前的这个人明显不是前者。

"怎么一个人？"王敏仪伸手拢了拢头发，"在等人？"

入场时间早已过去，这两个暗藏深意的问句在此时此地连用，差不多可以跟搭讪画上等号。凌子筠没说话，漫不经心地扫了她一眼。

王敏仪被他冷冷的眼神一噎，脸上清雅的笑容差点保持不住，轻抽了半口气，恢复了冷静才开口："你的名字？"

这就很不客气了。凌子筠并没生气，只是笑笑："新海诚。"

王敏仪哑口无言。

几句话的工夫，本在谈笑的黄安民那圈人注意到了这里，走了过来。自家的女伴企图勾搭别人，十足丢面，黄安民先是眼神不善地扫了王敏仪一眼，然后才带着几分轻蔑地看向凌子筠，气势凌人地开了口："蒋夫人的继子？"

声音不低，而且直指凌家式微的事实和凌子筠尴尬的身份。这句话说得既难听又诛心，不少人都抱着看热闹的心态望过来，看戏的姿态实在难看。

凌子筠倒是不以为意，淡定地应了一声，继续喝他的香槟。他生得好看，气势和气质都摊开摆在眼前，硬衬得眼前的男女低了一头。

一拳击在棉花上，黄安民的脸色越来越黑，这种场合下又不能发作得太难看，只能咬着牙道："不识好歹。"

"你说得没错，我应得也没错，"凌子筠摊了摊手，像看着一个无理取闹的孩童，"你又在生什么气？"

无论凌家现状如何，总归是烂船也有三斤钉，王敏仪早在黄安民初开口时就退到了他身后，意图避过这二人的交锋。凌子筠却没打算放过她，眼神越过黄安民宽厚的臂膊看向王敏仪："如果是因为这位小姐，那大可不必，我还不认识她。"

王敏仪笑容僵硬，幅度极小地摇着头。

场面有些滑稽，有人闷笑出声，那笑声仿佛能戳人心肺。黄安民恼得头昏，偏偏在场人人都身份尊贵，除开凌子筠谁也不能得罪，便瞪着自在喝酒的凌子筠，愤愤道："凌家不过就这两天的事，蒋曼玲不管你，你还是趁现在多喝几杯堡林爵，别以后就喝不到了！"

他的声音不高，会场却静默了几秒，在场的都不是傻子，从他话里推测出了不少东西。他自知失言，又想着这事即使说出来也不会如何，凌家如今不过一具空壳，他黄家想取而代之也就是这一个项目的事，只要款项一到位……

一个男人从人群中走出来，直直走向他，在他耳边轻声说了一句话。

众人不明所以，只看见黄安民表情突然如遭雷劈，脸色一瞬煞白，又看着那人施施然走到凌子筠身边。

齐谨逸没看小孩微讶的表情和一瞬亮起的眼，指尖安抚性地在他肩头按了按，不紧不慢地开口："有野心是好事，心野了就不太好了，是不是？一个小项目而已，不说凌家老人还在，也不能把蒋家人当透明吧？"

"你……"黄安民整个人都虚了，半天也说不出下文。

"黄公子还是趁现在多喝几杯堡林爵，不然日后只能吃牢饭，嘴里味淡。"齐谨逸轻飘飘扔下一记深水炸弹，举杯虚敬黄安民，客气地请走了凌子筠，只留满场凝滞的气氛。

第六章

泡泡糖

半点心思都没放在刚才的事情上，凌子筠满心满眼只有面前身着正装的齐谨逸，香槟后劲上头，总觉得眼前这人是假的，心情美妙得不真实。他脚步好似踏在云端，傻傻地跟着齐谨逸坐上电梯。

　　齐谨逸把他带到楼宇间的空中花园，凭栏吹风看夜景，看小孩一直不说话，就拍拍他的头："傻了？怎么不说话？"

　　"你怎么会来？"凌子筠觉得不可思议，醺人的酒意融掉了他周身清冷的气质。

　　"不想我来？"齐谨逸笑了一声，"见到我你不高兴？"

　　"没有，很高兴。"喝醉的凌子筠不再别扭，格外诚实地答话，眼睛亮亮地看着齐谨逸，难得活泼地咧了咧嘴，像从小猫进化成了豹子。

　　凌子筠笑得有些傻，突然又微微眯起泛红的双眼，揪住他的衣襟，质问道："不对，你跟谁来的？"

胃里密密冒泡的酒精使得思维很跳跃，以为齐谨逸又攀到别的金主，凌子筠闷声说了一句："那些人都没曼玲有钱。"

　　"你在说什么啊？"齐谨逸一头雾水地看着情绪急转的凌子筠，不懂为何自己明明已经解释清楚了，他还会这么说。

　　以为齐谨逸装傻，凌子筠抬起头，气势凌人地瞪他一眼，又飞快地声音很小地说："无所谓了，反正现在你要陪我，哪里都不准去。"

　　看着他这副委屈受气的模样和直白表露出的占有欲，齐谨逸愣了片刻，想到昨日自己坦白解释后凌子筠冷淡的反应，电光石火中突然明白过来——凌子筠不信他。

　　狼来了的故事谁都听过，却不是每个人都学到了教训。他先前开的玩笑太多，以至于说出了真心话，凌子筠也不信。

　　想到昨日小孩泪流不止的样子，他满心自责，重重叹息一声，低声开口："我能去哪里？傻啊！"

　　总能被他哄得心暖，凌子筠却装作不满地说："整天说这种话哄我。"

　　"不是哄你。"齐谨逸认真地望着他的眼，"子筠，你是不是不信任我？"

　　凌子筠被问得一愣，看着他浅褐色的眼，片刻又垂下了头："我不知道……"

　　即使对两种答案都做好了心理准备，齐谨逸的心还是不免缓缓下沉，又听见凌子筠低低地说："我不知道，只是……你在身边的时候，我都好开心，你说的每一句话，我们一起去过的每一个地方、做的每一件事，分分秒秒，都让我很开心，也很安心……"

心声先于大脑的思考袒露出来，凌子筠抬头看齐谨逸。

"凌子筠。"齐谨逸按着他的肩，语气郑重地叫他的名字。

不曾见过他如此郑重其事的模样，凌子筠微微一怔，以为他在生气，有些不安地看着他。

"你听好，我有很重要的事要说。我知道你现在喝醉了，但我等不及你酒醒，"齐谨逸难得口吻强势，"我说的每一句都是真话，你不准误会多想，也不准酒醒之后就忘掉。我不是哄你，也没有骗你。但这些都不重要……"

他盯住凌子筠茫然的眼，字字咬重："重要的是，我很重视你。"

凌子筠看着齐谨逸，心中五味杂陈，傻傻地重复："重视我？"

"是！"齐谨逸坚定地说道，"我说过，你想怎样都可以。"

凌子筠闷声回道："骗小孩很好玩？"

"我没骗——"无奈的话说到一半，齐谨逸反应过来他指的是这整件事，又连忙诚恳地道歉。"之前惹你不开心，抱歉，以后都会跟你说实话，不会再骗你。"

凌子筠冷淡地"哦"了一声算作回应，接着转了话题："你想抽雪茄吗？"

听见齐谨逸无奈地吐了一口气，凌子筠一把按住他的肩，眼睛弯弯："我去帮齐生叫几根过来，COHIBA（世界知名雪茄品牌）

怎么样？"说罢便收起了脸上的表情，不再看齐谨逸，转身去找服务生，然后坐到了一旁的沙发躺椅上，手脚舒展地看星星。

齐谨逸揉着额角，在心中默念三十遍不要跟醉鬼计较。

酒店经理让人拿雪茄过来。空中花园里的夜灯很亮，凌子筠借着光，看齐谨逸动作娴熟地把雪茄剪好点燃，递到嘴边。微微辛辣的味道在嘴里醇醇漾开，烟气在空中相交相织。

凌子筠稍稍酒醒，回想起刚才发生的一切，又想起齐谨逸从未正面承认过自己的身份，从头至尾都是他单方面的认为，羞恼感更甚，瞪了齐谨逸一眼："所以你到底是谁？"

或早或晚都要面对，齐谨逸犹豫片刻，还是说了实话："齐隽英的二儿子，蒋曼玲的表弟。"

凌子筠呛到自己，咳嗽不止，眼中泛着生理泪，不敢置信地看着给自己拍背顺气的人："……舅舅？"

齐谨逸强调："不是亲的。"

凌子筠倒回椅子上，把手搭在眼前，在酒精的助力下消化着这个事实，沉默了半天，觉得自己醉得更甚了。齐谨逸正准备搬出跟齐骁齐添说过的那一套说辞，就听见小孩冷冷清清的声音："好麻烦……"

些微的忐忑立时插翅飞走，心定下来，齐谨逸低低地笑道："麻烦我会解决。"

被骗的恼怒还未完全消退，凌子筠刻意不接他的话，懒懒地问："你刚刚跟黄安民说了什么？"

话题又被岔开，齐谨逸有些怀念刚刚那个直白得冒傻气的凌子筠，无奈地笑笑："一个小项目，他们家提前拿到了标底，犯法的。"

凌子筠"哦"了一声，弯起嘴角："齐生，你不爬床真是可惜了。"

看穿他这样七弯八绕的小心思，齐谨逸轻轻咬了咬舌尖才忍住笑，凑过去给了他一个眼神："承蒙凌先生抬爱。"

总是这样，只要齐谨逸在身边就会轻松愉快，凌子筠眯着眼笑起来，扯扯他的袖扣："你穿这身比昨天那身好看。"

齐谨逸猜他有意馋自己着正装陪林睿仪吃饭那件事，便解释道："那家餐厅没有 dress code，昨天先去了公司谈事情，才穿的正装，不是特意的。今天这身特地挑的，当然更好看。"

"不是哄你，是真的，可以带你去公司问。"怕小孩又以为自己在哄骗他，齐谨逸仔细补充道，还把手臂伸到凌子筠手边。

凌子筠早就看出两套西服是同一系列，闷闷地笑，觉得这样的齐谨逸没了那份从容，反而更加亲近可爱。又觉得自己被包容的感觉很好，有人纵容的任性才能叫任性，而他终于可以任性了。

两个人玩闹了一阵，齐谨逸最后笑着问："凌先生今晚要不要回家？"

凌子筠故意摆出一副高冷表情："你喝了酒，不能开车。"

齐谨逸低笑，又摆出一副道貌岸然的样子："酒店有代驾。"

凌子筠摇头，也一脸严肃："太危险了，可能会被绑架、勒索。"

齐谨逸忍住笑："可以叫司机来接。"

凌子筠还是一本正经的样子："我喝醉了，在车上忍不住暴跳的话会被司机发现。"

齐谨逸笑着摇了摇头，感叹少年意气。

齐谨逸扶着酒醉的凌子筠进浴室收拾清爽，又陪在他身边看他沉沉睡去，才拿了手机下床，坐到房间外，点了根烟放在嘴边，打了个电话给曼玲。

庄园式的酒店远离市区，夜晚十分静谧，酒精挥发殆尽，带走了一些蒙昧的热度。齐谨逸听着等待音，看着花园夜景，又想起小孩的睡颜，不禁眼神柔柔。

曼玲急着去赴约会，接起电话就让他有什么事快些说，语气全然是恋爱中的少女般迫切。

齐谨逸也不拖沓，三言两语讲明事情经过，又说："反正就是这样，你儿子今后归我养啦！"

那头静默半晌，曼玲尖声骂他："要死啊你，我才出门多久?!"

隐隐传来门童的催促声，她用法语应了几句，又转头急急回道："知道了，凌家那边我去说。你啊！真是！唉！我真是！"

电话被愤愤挂断，齐谨逸心情放松，靠在窗前吹风。

房间内的凌子筠不安稳地翻了个身，睁眼看着关着灯的房间，又支起身子张望了一圈，试探性地喊了一声："齐谨逸？"

听见动静，齐谨逸掐灭了烟走进房内，轻声道："吵到你了？"

见他进来，凌子筠倒回松软的枕头里，闭着眼道："还以为你去赶下半场了。"

见小孩心神不安，齐谨逸自责起来，走过去弹了一下他的额头："只是抽根烟，怕打扰到你睡觉。我哪里也不去。"

凌子筠闻见他身上的烟味，心安下来，闭着眼，呼吸渐渐规律。

阳光透过纱帘，在凌子筠脸上映出细细花纹。他迷蒙地睁眼，发觉手脚都酸软无力，抿嘴放空片刻，不知昨夜的一切是梦是真。他定定地看着正在看手机的齐谨逸，突然丢过纸团打了他一下，又把脸埋进松软的枕头里装无事发生。

齐谨逸被他打得一蒙，又笑着问："打完就翻脸不认人？"

"谁啊？"凌子筠依旧趴着，看也不看齐谨逸一下。

齐谨逸握住他的手腕，把另一只手上端着的温水放进他手中，揉眼睛扮哭腔："一起来就打人，我要打电话给曼玲。"

卷着被子坐起身，凌子筠小口抿着水润喉，翘着嘴角翻了个白眼给他。

齐谨逸把凌子筠手里的空杯放回床头，关心道："再多休息一下，还很早。"

丝质的床品又滑又凉，齐谨逸的关怀却很暖，被纱帘滤过的日光洒进房内，照得空气中飘浮的纤尘像是细雪。

凌子筠没有闭眼，就这样看着房内的场景，觉得平平无奇，又觉得十分值得记忆。

手机屏幕亮起，一条信息进来，齐谨逸低头看了一眼，问凌子筠："房子在装修，要看看怎么调整，你要不要跟我一起去提点意见？还是回家休养一下身体？"

凌子筠觉得不能被他小看，撇撇嘴，不肯示弱地忍着身上的不适，跳下床去浴室洗漱，把水龙头调到最大，一阵哗哗乱响。

齐谨逸还是第一次见到小孩起床时的样子，笑他原来这样跳脱："好啦，知道你生龙活虎。"

"去看房子，反正也没事。"凌子筠擦干脸上的水珠，扭头去换衣服。

猜也知道是这样的回答，齐谨逸笑着拍了拍他的肩。

用完早餐，又回凌宅休整一番。尽管凌子筠极力表现得行动正常，齐谨逸仍鞍前马后地先打点好一切，被他几次揶揄像太监总管。

一直有事耽搁，三拖四拖，日程改了几次，被放鸽子放到无奈的设计师终于等到了齐谨逸，热泪盈眶地迎上来："Jin，你终于舍得来了——咦，这位是？"

"新主人，叫子筠。"齐谨逸轻巧地避开他的拥抱，笑着答。又转向凌子筠，介绍道："他叫陈俊延，我的好朋友，你叫他James就好。"

那声"新主人"打出会心一击，不偏不倚地卡进心坎。凌子筠第一次见到齐谨逸的朋友，嘴角弯弯，态度很好地跟James打招呼。

James 生得一副女相，打扮很艺术，描着淡淡眼线，长长头发束在脑后。他看看齐谨逸又看看凌子筠，但"收获"了齐谨逸一个警告意味的眼神，便暂时按下八卦的心，领他们进去看房。

房子意外地不算太大，不过两层，统共也就几百平方米，按齐谨逸的喜好布置，已经初具雏形。

"那帮鬼佬，日日都 on vacation（休假），这笔订单下下去，估计明年开春才能送到，"James 今天穿得休闲随意，也不过多讲究，大方坐到铺着防尘布的沙发上，"不过也正好留多点时间给你调整方案咯。"

齐谨逸随意应了几句，跟凌子筠一起坐在餐桌边，不知从哪里掏出一副金丝眼镜架在鼻梁上，翻着手里的图纸，让凌子筠提一些意见。

凌子筠没看图纸却看着他，半天没说话。接收到他投射过来的视线，齐谨逸拍拍他的头："怎么了？"

目光依旧放在齐谨逸脸上，凌子筠看着齐谨逸沉稳斯文的模样，忍不住感慨："觉得我运气好好。"

齐谨逸笑出声音。

被当作透明人的 James 看得牙酸不已，扶住额头："我求你们了，专心改方案！"

两人好像上课讲话被抓到的学生，迅速低头看图纸，讲起修改风格的事，只是没讲两句就又变成了斗嘴打闹。

这样下去怕是等那帮鬼佬度完假回来他们都讨论不出一个大方向，James无奈地起身走过去，伸手在他们面前挥挥："不是我要做恶人啊，但我要暂时隔离你们一下。你们各自把想法记下来，再拿到一起讨论，不然今天就废了。要不要跟我上楼看看？"

凌子筠兔子一样跳走，咚咚咚跑上楼，齐谨逸阻拦不及，笑着打了James一下："上去陪他，不要乱讲话。"

不八卦枉做人，James俏丽一笑，眨眨眼，转身上了楼。

整个屋子的风格偏美式工业，凌子筠觉得自己好像站在一间纽约的公寓里，在James的陪同下一间房一间房地看过去，听他讲解一些功能性的巧思。

二楼空间相对私密，他听着James一项项讲解，顺着自己的思路想着之后书可以摆在哪里，哪里可以摆他的CD架，哪里可以贴海报又不显得突兀，哪里可以多摆一台游戏机，可能会养狗吧，那狗的软窝又要放在哪里。

与单单口头上的许诺不同，这种一点点设计将来的行动让人有一种踏实的感觉，稳稳地兜着心底，一路将心情抬升。他一边规划着哪里该放什么、风格要怎么调整，一边暗笑自己刚跟齐谨逸认识不过这几天，怎么就搞得像是懂了好多知识。

"至于这里呢，就是做了一个装饰性的……"James看着身边乖乖静静的小孩，手指敲敲木栏杆，话题突然转折："你们认识多久了？"

　　他问得突然，凌子筠下意识地答："没很久。"

　　James脸上的笑容明晃晃地写着有古怪，拉长声音"哦"了一声，手指把垂下来的几缕长发别到耳后，低头凑近了凌子筠。

　　凌子筠比James稍稍矮一些，身体微微后仰，莫名其妙地看着他。

　　"你很厉害，齐谨逸对你那么好。"见小孩没被吓到，James眯起眼，笑得像狐狸，"我认识他好多年，都没见他跟哪个朋友这么交心过。"手指抵着自己尖尖的下巴，像是在跟姐妹讲八卦："他交朋友很挑的。"

　　凌子筠有恃无恐地挑眉："很挑？很多人想巴结吗？"

　　"肯定啊，人帅又多金，温柔又多情，为情为钱都很受欢迎吧！"James轻轻笑起来。

　　凌子筠没体验过这种闺密谈心一样的氛围，嘴角弯弯。"正常交往而已，干吗这么费心力？"又顿了一下，忍不住好奇地问："你们认识很久？……之前的他是怎样的？"

　　"哇，我跟你讲，"James听他问起，立刻兴奋起来，把正事全都抛在脑后，拉他到飘窗边坐下，"他之前在英国啊……"

　　手边摆着吸味的阔叶盆景，凌子筠闲闲地揪着叶片，饶有兴致地听着James讲起齐谨逸在英国时的趣事，说完几件糗事、几件风流韵事，又说他爱开快车，撞了好几次，听得凌子筠胆战心惊，还说他走夜路被几个黑人抢劫，好在最后有惊无险。

James 看凌子筠一脸不信的样子，立刻举证："不要不信，他这个人之前很脱线的。有次有个人追求他，天天订花送到他家公寓，几百英镑一束的那种，全被他摘了泡澡，后来给人家知道了，气得大哭，他又三更半夜去给人赔礼道歉。我们还以为他会松口跟那个人在一起，趁机留宿，结果没有，真的只是单纯地道歉，道完歉就走人，气得那人又大哭一场。"

James 看着凌子筠，万分感慨："不过他最疯最闹的时候都过去了，酸苦都给了那些人，现在完全不一样啦，变得成熟稳重。"

人总不会生下来就固定一个样子，当下每一刻的模样其实都有过往留下来的痕迹，齐谨逸如今的面面俱到也是之前那些过客的遗留，凌子筠一直都清楚这个道理。要是还去在乎那些有的没的，得了便宜还卖乖，就未免太过矫情。

James 的话太中听，凌子筠勾起嘴角，手指滑过光滑苍翠的叶面。"以前的他有以前的好，现在的他有现在的好，只要我认可他，也被他认可，什么时候的他就都是好的啊！"

James 与世家交集不多，不认得凌子筠，又见他说话走心，不像富家公子那般随意，还以为他是灰姑娘那一类的，忍不住面露好奇："都还没问你们是怎么认识的。"

手指一紧，凌子筠想起初遇时的场面，尴尬地哽了一下："吃饭的时候认识的。"

James 撇撇嘴："什么嘛……"

花前灯下，凌子筠拿火柴棍砸他。凌子筠蓦地回想起自己那时的举动，不懂齐谨逸怎么会有那个耐心跟自己周旋。

每次见面都拿话刺他，跟他斗嘴，半夜三更要他陪着吃夜宵，心情不好让他随叫随到——是不是也太过任性了点？心里膨胀的泡泡糖被倏地戳破。

见凌子筠突然沉默，James 以为自己说错话，惹到初次见面的小孩，赶忙安抚道："但你们现在就很好啊！"

凌子筠垂下眼，心中滋味莫名，扔开手里的叶子。"现在是这样，之后的事谁知道……"

原来是年轻人的固有症状，上一秒还振振有词，下一秒又开始惴惴不安。James 松了一口气，笑吟吟地看着凌子筠，有些理解齐谨逸为什么这么喜欢护着他了。James 像个老妈妈一样牵过他的手拍了拍："活在当下嘛！"

齐谨逸不知什么时候上了楼，James 问："方案改得怎么样啦，拿来我看看……"

不知为何，改方案的效率直线提高。齐谨逸飞快地在图纸上做修改，列明自己的想法，不时向凌子筠征询意见。凌子筠被他的勤奋带动，也专心认真地提想法给意见，一时间进度飞速。

James 手指叩着台面，感到好笑地看着他们二人，又瞟了表面正经的齐谨逸一眼，无奈地摇头闷笑。

"好了，"齐谨逸把讨论好的方案推给 James，"就这样，改动不大，你看一下，有不合逻辑的地方就改了 email 给我，我们再约时间。"

"知道啦！"James翻白眼给他看，把头发拆散重梳，嘴里咬着发绳，"急着赶我走是不是？拜拜拜拜。"

James梳好头发，扔一串备份钥匙给他："你们走时记得锁门！"

齐谨逸大笑，得意地和凌子笃跟他挥手，示意他赶紧消失。

什么成熟稳重，都是放屁，明明还是那个脱线的神经病！James拎起皮包，对他竖中指，用口型骂他没人性，风一样转身下楼出了门。

终于把碍事的人赶走，齐谨逸笑起来："他这人最拖沓的了，又不敬业，跟他谈方案可以谈到你睡着，你以为他刚刚干吗一直那样催我们改方案？还不是赶着去赴约会。"

从James先前的叙述也能知道他们关系很好，凌子笃眯起眼，用食指戳戳他："老实交代，你之前有没有什么故事？"

齐谨逸上楼时见他们交谈甚欢，不知James跟凌子笃都提过哪些事，起了逗弄他的心思，故作紧张地不说话。

凌子笃原本只是诈齐谨逸一下，看他这副样子，脸色沉下去。

齐谨逸见凌子笃周身氛围不对，赶忙举手解释："没有没有，什么故事，事故还差不多！"

看小孩抿唇不语，他有些尴尬，又哭笑不得地补充道："别听他乱讲。"

凌子笃失语地看着他。

齐谨逸弹了一下凌子筠的额头，提醒他不要瞎想，又环顾了一下空荡的房间，承载着将来意味的空间让齐谨逸考虑起了正事，低头问："你的大学想在哪里念？"

"原定是要去北美，"被齐谨逸问起有关之后的打算，凌子筠莫名有些紧张，拉着自己的袖口，"但去英国或者就在本市也可以。"

齐谨逸笑笑："你最想去哪里？"

凌子筠有些不满："哪里都有好学校。"

"傻！"齐谨逸说，"我的意思是，你想去哪里就去哪里，我可以陪着你。"

两人思维方式不同，所以也讨论不出个结果。最后凌子筠少爷脾气上来，冷下脸一锤定音："英国！不允许反驳！"

"好！"

凌子筠瞟他一眼，刻意拖长声音，诗朗诵一样："我要日日喝 vodka red-bull（伏特加红牛）兑 tequila（龙舌兰），回家由西睡到东……"

看他越说越离谱，齐谨逸去挠他，把他挠得求饶才收手。

抹掉眼尾笑出来的眼泪，凌子筠又冷静下来。既然谈到了将来，便不免有些不安和犹疑："这样……会不会很麻烦？有没有什么我可以做的？"

虽然齐谨逸说了他会解决，可刚刚凌子筠突然意识到这个人并不完美强大，他也会有各种柔软的情绪——如果把问题和责任全堆到他身上，让他去解决面对，那还叫什么朋友？

齐谨逸细细地把那天跟齐骁他们说过的话向凌子笃重复了一遍，末了又笑起来："所以啊，你要负责好好读书，出人头地，没人会说什么的。"

与超级英雄不一样，普通人的能力越大，束缚就越少，解决问题的办法就越多，就越是相对自由。

凌子笃被那一大段话砸到呆住，不敢相信他轻易就做出把所有都送给自己的承诺，那种惴惴不安的感觉又罩上心头："你……你到底信我什么啊？"

"不是说过了吗，那天在圣安华……"齐谨逸用食指点点他的眉心，"但这些都不重要。最重要的是，你是凌子笃。"

明明房子还很空荡，凌子笃却有些舍不得走。自小家中总是只有冷冰冰的保姆，"家"这个概念于他而言太过模糊，却仍掩不住对其有向往和期待。

看着眼前素白的墙面与鱼骨拼的木地板，他想着这间小屋装饰完善后住在里面的样子，嘴角勾了又勾。

齐谨逸看着他呆呆出神的样子，揉了揉他的头发："迫不及待住进来？"

"哪有……"凌子笃下意识地否定，暗忖齐谨逸怎么像是会读心，又觉得自己这副心急的样子有些尴尬，微微垂下了头。

猜到了他在想什么，齐谨逸说："不如我们来玩一个游戏，预演一下住进来的情况？"

凌子筠还没有反应过来，就被一路赶到了一楼玄关，在地上站稳。

"游戏开始。"齐谨逸伸手叩了叩大门，"我不爱待在公司，喜欢早早旷工，把工作带到家里做，所以呢，我可以天天接你放学，我们一起走进这扇门。"

他往前走了两步，微微弯下腰，扮作在帮凌子筠拿鞋的样子。"进门就提醒你换拖鞋。"他直起身，笑了一声。

他拉着掉线状态的凌子筠往里走，走到开放式厨房。"先说好，我做饭非常难吃，只能请保姆来煮。所以保姆在煮饭的时候，我们可以坐在吧台这里，喝饮料聊天。"他假装打开冰箱，回身看凌子筠："你要可乐还是苏打水？"

想象着仰头灌下一大口冰镇气泡水，绵密的泡沫浸满身体，凌子筠终于找回了自己的声音："苏打水。"

齐谨逸拍拍凌子筠的头。"那我就会递给你一杯加了柠檬的苏打水。"

他走进客厅，倚在沙发靠背上。"我们会坐在沙发上，一起追电视剧，打游戏，吃垃圾食品，看爱情片、喜剧片、恐怖片、科幻片，哪怕是烂片。"他眨眨眼，"All those moments will be lost in time...（所有的瞬间都将湮没于时间的洪流……）"

凌子筠怔怔地接道："Like tears in rain...（就像泪水消逝在雨中……）"

"答对了！"他弹了弹凌子筠的额头。

游戏继续，途经浴室。"房子里有三个卫生间，不会发生抢厕所抢浴室的尴尬状况。"他笑起来。

又走到书房："书房，我的第二办公室。你可以在我工作的时候随意进出，但要是打断了我的思路，我会做出什么就不保证了。"

他打开储物间："这里会堆一些平时用不到的杂物，但我估计会有一大部分是节日装饰品。圣诞节、万圣节、春节、复活节……我们会过很多很多遍。"

推开阳台的落地窗："可以在这里种一些花花草草，你来负责打理好不好？我们可以在这里看日落日升，看月亮与星星，吹着风。"

直到走进卧室："这里会有一张大床，剩下的地方会躺着一只狗或是两只猫。"

凌子筠看着他淡褐色的眼说："不能一起养吗？"

齐谨逸温柔地弯起嘴角："当然可以，那就养一只狗和两只猫。"

凌子筠情绪满满，有种想要落泪的冲动，有海浪的声音翻腾涌起。

第七章

长明灯

平时读书听歌看电影，或是听见身边同学讲起心路历程，凌子筠在心中都会不屑，觉得怎么可能会这样愚蠢，等轮到自己时才知道，原来真有这样的魔力，让人像被下了摄魂咒，分分钟都妙不可言，看见最日常不过的景物都加上了幻彩的滤镜，连曼玲不在时变得死气沉沉的凌家大宅都好似游乐园，可以窝在家庭影院里看喜剧，可以在游乐室里打桌球。

不知是齐谨逸在背后做了什么，还是那日的酒会传出了什么风声，学校里无人再敢来招惹他，让他得以专心上课。曼玲不爱算时差，大半夜打越洋长途给他，让他小心齐谨逸，不要被他欺负，凌子筠笑而不语。

十七岁少年最重不过学业和家庭，眼下他二者齐备，还样样都完美得羡杀以前那个自己，有时甚至会担心自己会不会是在透支运气，等十年后就要潦倒街头。

他把这份感慨讲给齐谨逸听，齐谨逸说他说了不吉利的话，要给他祛晦气，又笑他扮陈奕迅。

他安安心心被齐谨逸安慰着，觉得自己想得没错啊，他的运气一直都不太好，不过，花光所有运气换在有生的瞬间能遇到一个知己，也值了。

风很清凉，凌子筠戴着耳机，静下心来坐在房间里写作业。齐谨逸半躺在他身后的豆袋沙发上读一本书，分针一次次叠过时针，室内只有笔尖摩擦纸张的嚓嚓声，极静极温馨。

窗外的天色渐红，凌子筠写完最后一道习题，搁了笔，把卷子递给齐谨逸："写完了。"

"这次没又想什么别的，犯尽低级错误吧？"齐谨逸合上书，接过那摞卷子替他检查。

凌子筠反坐在椅子上，轻轻踢了齐谨逸一脚："有什么别的可想啊，那次我只是粗心。"

齐谨逸摊开卷子，只看了一眼开头，就把头埋进手臂，笑到咳嗽。

"你干吗啊！"凌子筠跳下椅子想去拿齐谨逸手上的卷子，"没可能犯低级错误啊，我写得好认真。"

齐谨逸笑得气都不顺，扬扬手里的卷子："凌同学，可否告诉我，你什么时候改名叫齐谨逸了？"

凌子筠瞥到姓名那栏填着另一个人的名字，扑扑打打地要把卷子抢过来。

"别扯坏啦！"齐谨逸把卷子递给他，被他轻轻搐了几拳，笑着说他有暴力倾向。

凌子筠愤愤地坐回桌前改名字，想把齐谨逸的名字涂黑，后来干脆把卷子折起来，打算周一上学时再要一张新的写。

齐谨逸拿着手机晃过来："明天跟我回家吃饭好不好？"

这话说得突然，凌子筠猛地抬头。

"什么啊！"凌子筠又急急问道，"怎么突然就说要去你家？"

"只有我父母和兄嫂，简简单单吃餐饭，"齐谨逸把他推到窗前，让他看花园中摇曳的繁花，"没有 dress code 也不用下帖子，没有很正式，不用怕。"

看着窗外楼下那丛被理好的白花，凌子筠沉默了半晌，点点头，应下了邀约。

齐谨逸怕他勉强，又保证："他们不会为难你的，兄嫂都很好，我父母也还算健谈。"要为难肯定也是为难自己就是了。

凌子筠一脸认真严肃："有事的话不要自己扛。"

齐谨逸从来都知道他懂事："能有什么事？不要担心。"

一家人就是吵也吵过，闹也闹过，一地鸡毛散尽，日子不是照过？

别人家天大的事情，在齐谨逸眼里都好像不是问题。凌子筠看着花园里亮起的晚灯，想起初识的那日齐谨逸站在花前，弯腰又抬头，看见自己，他说……

"'那边窗子里亮起来的是什么光？'"齐谨逸笑着看向表情讶异的小孩，"是不是在想这个？"

这种默契简直让人震惊，凌子筠弯弯嘴角，学他的语气："被你猜中，你会读心？"

"重来一次我肯定不会说这句。"齐谨逸若有所思。

"那你会说什么？"凌子筠疑惑不解。

"我会读一首诗给你。"

凌子筠静静地听他念诗，他总是这样，用同样温柔的语调跟自己说话，从一开始给自己搽药安慰自己不痛，到那日在新房中与自己一起设计，幕幕眼前。

有风吹动他们额前的发丝，有躁动的昆虫躲在灌木丛中吟唱，远处有如星的城市夜灯，天边有如碎灯的点点晚星，遥远的天外有苍穹无尽，他的眼前有知己。

也许每一个选择都会影响之后的走向，每一个节点都会散射出无限的可能，不同世界里的他或贫或富或健康或残缺或许从未出生过——也许宇宙中有无数平行的时空，但在此时此刻，他非常确信，他所在的这个时空就是最好的时空。

这种心情是怎样的一种心情呢？就是他明白人生多是苦难波折，人之间的关系不似天地般长存永久，感情会变浓亦有可能变淡，未来充满不确定性，也许他们能向前，也许他们过不了几年便会天涯海角，但无论结局如何，只要有了眼下这一刻，就已足够。

齐谨逸念完一首长诗，只看着他清透明亮的眼，觉得自己何其有幸，能遇到这样一个让人心疼的小孩。

凌子筠足够年轻，未经太多世事，感情丰沛纯粹又饱满，像一幅高饱和度的画。齐谨逸虽然同样年轻，但经历过一些坎坷，有了能够保护别人的能力，也仍愿意相信人心，仍有去爱护去包容的力气，一切都平衡得刚刚好。

"夸不夸张啊？"床上铺满了各式衣物，齐谨逸连坐的位置都没有，忍俊不禁地站在墙角，"明天出门前随便找一套就好了，不用搞得这么正式。"

凌子筠送他一个白眼。

齐谨逸闷笑着走过去，找了一件简单的针织衫给凌子筠："这样就好，乖学生的类型。"

凌子筠拿着那件衣服，略略有些迟疑："扮得越乖，你妈妈会不会越觉得我不好好念书？"

简直要给他跪下了，齐谨逸手指揉着眼角，笑得快要生出鱼尾纹。"我求求你了，她儿子什么性格她最清楚，一见你这么乖，就知道是我带坏你了。"

凌子筠的表情又变得苦恼起来，把手里的衣服扔开："不行啊，这样她会骂你。换一套，换一套。"

乖的被否定了，花色太张扬的觉得不稳重，素净稳重的觉得老气，简单的觉得不够正式，正式的觉得太沉重……齐谨逸无奈地扶额闷笑，觉得明天怕是要裸身去齐家了。

凌子筠从衣柜里拿了一件衬衫出来，由领口打量到衣摆，摇头放下，叹了口气："算了。"

眼见他已经开始破罐破摔了，齐谨逸想把他晃清醒："现在都纠结成这样，之后出国穿什么是不是要挑足一年？"

"是，我现在开始考虑！"他愤愤地偏头躲开齐谨逸的目光，又垂下眼："我紧张嘛……"

紧张期待担心，估计只有临到齐宅门前才能定下心来。"怎么你都不紧张的？"

齐谨逸发誓要给他吃下一粒定心丸："一点也不紧张，只是吃个饭啊。"

凌子筠也知道是自己紧张过度，在衣服堆上滚了滚，拿起最开始齐谨逸递给他的那件针织衫，对灯展开。"不管了，就穿这件，要是出了问题你要负责！"

齐谨逸伸手定住他的双肩："好，我负全责。"

"要是你爸妈不喜欢我怎么办？"

"我就带你一起走。"

"要是他们派人追杀我们怎么办？"

"我们就隐姓埋名。"

"要是我们潦倒街头怎么办？"

"我卖唱养你。"

"要是你卖唱一天只赚到二十块钱怎么办？"

"我就买一碗牛肉面，全都给你。"

还说不是在透支运气？连天气都捧场，一整天都蓝天澄净，到傍晚时天边晚霞粉红灿烂，风也清明，如诗如画。

纵使昨夜齐谨逸给他打了整晚预防针，等车子驶进雕花铁门时，凌子筠也还是不免觉得忐忑，一双手紧攥得指节泛白，偏要故作镇静地点评窗外风景："伯父伯母品位好好，花园都修饰得很美。"

车道很长，齐谨逸眼睛看着车前，右手伸过去拍了拍他的手，示意他不要掐坏自己，笑着说："省点赞美，留到他们面前说。"

凌子筠难得没怼回去，息了声音，看着车子绕过喷泉，驶入车库，发动机的响声止息，车门打开又合上。

直至与齐谨逸双双站到大门前，他似是感慨地软软叹了一声："好快。"

只简简单单两个字，可能说的是他的心跳声，可能指的是这一段车程，齐谨逸却知道不是，他微微低下头看凌子筠，声音很柔很能定心："不要勉强，如果你怕生，我们可以现在就回去。"

在叹出那声"好快"时，凌子筠的确有所退却。十七，未及成年，心性未定，前路仍长仍漫，却如同坐上了极速奔驰的列车。

他是否太过懦弱，又太过卑劣，想要的东西很多，想要安心，想要将来，想要被呵护，想要被善待，但当有人将他想要的一切都双手奉到他面前时，他又却步了。

见他沉默，齐谨逸不急也不催促，静静地站在他身边，等着他的回应。

时间一分一秒地过去，凌子筠仍久久不语，齐谨逸在心中悄悄叹气，正欲出声道歉，凌子筠突然转头不满地催他开门："快点啊，别让你家人久等。"

挥手让管家去做自己的事情，齐谨逸和凌子筠进了饭厅，表情轻松随意地跟几人打招呼。

确如齐谨逸所说，在场的只有四位长辈，桌上的菜式也家常。凌子筠看着只在小时候远远见过一面的齐隽英和蒋君沙，礼貌地叫了一声："伯父伯母。"

不等两位大家长应声，齐谨观先一步笑了出来，被温晓娴轻轻瞪了一眼，赶紧做正色状："阿谨，快带子筠来坐。"

两人入了席，齐家用饭没有食不言的规矩，蒋君沙连一个眼神都吝啬给齐谨逸，权当他是透明人，边给凌子筠布菜，边随意地问他一些学习上的问题。凌子筠不卑不亢地一一答明，又赞菜品好味，乖乖巧巧。

虽然亲戚身份尴尬，但他表现得太乖，又是知根知底的正经小孩，齐隽英也不好扮黑脸，简单问了他本人一些对将来的规划，也就喝着汤不说话了。

齐谨观打量着凌子筠，觉得他怎么看都顺眼讨喜，笑着跟齐谨逸推杯换盏，意在让他俩今晚留宿齐宅。温晓娴则一直噙着笑给两人布菜，不时问一些两人相处时的小事，活跃着气氛。

一餐饭吃得还算和乐融融，凌子筠心知真正的关卡还没过，等蒋君沙叫他和温晓娴去客厅坐坐，齐隽英却叫齐谨逸去一趟书房的时候，他忐忑的心反而安定了下来，跟齐谨逸互相交换一记安抚的眼神，便各自奔赴"战场"。

说来好笑，那一瞬他竟真的生出了几分慷慨赴死的觉悟和豪情。

在沙发上坐下，蒋君沙优雅地抿着杯中红茶，看了坐得拘谨的凌子筠一眼，半晌后还是忍不住叹了一声，放下了手中的茶杯，让他放松些："阿谨这个人，做什么都由着性子来，真是越来越离谱了……"

书房里的气氛远没凌子筠想象中凝重，齐隽英只是甩了一摞纸在齐谨逸面前，沉声开口："知道管不了你，也懒得管你。凌家已经松了口，这一份是子筠应得的，将来若是生出变数，也只有这么多！"

"知道啦，"齐谨逸呷了一口茶，怕把齐隽英气出好歹，没说先前自己对凌子筠做出的保证，"多谢老爸。"

这的确是一件未卜之事，但当事人都不怕，那还有什么好说？齐隽英差点想像十年前那样拿桌上镇纸砸他，但极力忍住了冲动，皱着眉摆摆手："滚去佛堂跪一个钟，别在我面前碍眼！"

蒋君沙静下来喝茶润喉，定定地打量着凌子筠，他一件浅色针织衫配驼色长裤，十足天真少年模样，教人不忍心苛责苛待。儿孙自有儿孙福，人世间本就行路难，她联系到自己的儿子，推己及人，也不想给他再增磨难，只又叹了一声，语重心长地说："你啊，要对自己选择的路负责。"

凌子筠认真地点头表示知道，又请她放心，说自己都已想好。

点到即止，蒋君沙口头上又不轻不重地抱怨了几句，语气却都和缓，连敲打凌子筠的意思都没有，不多时就变成了闲话家常，甚至开始以伯母自称。凌子筠愣怔地应声，想偷偷掐一下自己看是不是在做梦。

正讲到校园生活，温晓娴突然想到了之前的事，关切地问了一声："现在在学校里应该没人来找麻烦了吧？"

凌子筠又是一愣，不知道她怎么会知道这件事，迟疑地"嗯"了一声。

蒋君沙即刻蹙起眉头，问："怎么回事？"

"阿谨之前请我喝茶，找我要他们学校学生的档案，说是……"温晓娴寥寥几语讲述了之前的事，又笑起来，"顺便还阿观的宾利给我。"

"太过分了，"于情于理凌子筠都是自家人了，况且他这么乖，蒋君沙听着都郁气，招手让管家过来，"阿谨下手还是太轻，你把那些人的名字报一下，伯母帮你出气。"

"不用了……"凌子筠赶忙拒绝又连连道谢，把话题岔开。

他记得那一天，他气齐谨逸去跟阿嫂吃饭，挂了齐谨逸的电话，到晚上齐谨逸带着蛋糕回来给他庆生，载他去明景湾看海。他记起那一夜广阔的海面和温柔的风，齐谨逸说风吹过海面很伤感，因为海面太阔，留不住风，他却觉得齐谨逸像风而自己像海，心潮起伏都随他左右。

原来从那时起他就在保护自己。

说话间，蒋君沙看出凌子筠藏得极好的心不在焉，往楼上看了一眼，拍拍他的手："他应该在佛堂，你去看看吧。"见凌子筠一瞬露出了些许惊慌，她又笑笑："没事的，应该只是罚跪而已。"

管家领着凌子筠上了楼，她跟温晓娴对视一眼，摇头苦笑。

佛堂中供有莲花长明灯，案台上供着新鲜瓜果，齐谨逸直直跪在蒲团上，仰头看着慈眉善目的木雕菩萨像，觉得一切都刚刚好。

仿佛天意如此，他上有大哥下有小妹，一家人其乐融融；他对家业不贪不争不抢，家人觉得本该如此又觉得对他有所亏欠，也没有东西能拿来威胁他，只能稍稍容许他的任性。凌子筠在凌家地位尴尬，对其他几位堂兄暗中的争夺一无所知，凌家也乐得放他一马，让其他凌氏子弟少一个竞争者。

亲缘近得能让他们相遇相识，多么神奇！

身后的门蓦地被推开，一个人影小跑过来跪在他身边。

齐谨逸被吓了一跳，看到凌子筠紧抿的唇线，感到好笑地拍拍他的头："怎么过来了？"

"伯父有没有为难你？"凌子筠上下检视他一圈，又摸过他的手臂，"有没有罚你？"

"有啊——"齐谨逸装作委屈地蹭了蹭身旁的凌子筠，"他要我在这里跪一个钟。"

凌子筠原本紧张的表情变作无语，感到好笑地推了他一把，又在他身侧的蒲团上跪正，说："那就一起吧。"

齐谨逸知道阻拦他也是在做无用功，只让他换成跪坐的姿势，要他不要直直地跪着，说会伤膝盖。

"那你跪得那么直干什么？"凌子筠伸手拉他，"怎么这么不懂变通？"

"懂啊，"齐谨逸笑笑，"不过本来就是我找麻烦嘛，该罚的。"

凌子筠瞪着他："那也不用罚这么重吧……"

"有些事不仅仅是靠自己的认知来分的，"齐谨逸揉揉他的头发，"不管我自己怎么想，事实就是事实，不过是跪一个钟，说是自欺欺人也好，换个心安理得咯。"

未定型的世界观争不过定了型的世界观，凌子筠闷闷地垂下头去，也直直地跪好。

"讲我小时候的故事给你听好不好？"看小孩不高兴，齐谨逸拉他聊天，"我小时候总是调皮，掀女生裙子，打同班的小朋友，整天都被拖来这里罚跪，那时候好惨，要被藤条抽，还要跪得很正不能动，动一下就多加十分钟。"

凌子筠的手微微动了一下，仍抿着嘴不说话。

"我那个时候好气，看着这些佛像，觉得又假又虚伪，心里在想——"他扮作奶里奶气的声音，"如果真的有菩萨，菩萨又那么慈悲，为什么看我被打都不来救我？"

心里的火气消得很快，凌子筠握拳忍了忍，但还是被他扮小孩的声音逗笑，打了他一下。"一定是你太不乖，连菩萨都觉得你活该！"

"是，"齐谨逸笑着挡下凌子筠软绵绵的攻击，做双手合十状，"所以有一次被打完，我就哭着跟菩萨许愿，说从今以后我会做一个乖小孩，菩萨一定要好好保佑我，不要让我再被打。结果你猜怎么样，他们真的就不打我了，菩萨是不是好灵？"

他真是什么鬼话都说得出来，凌子筠笑出声："哪是因为菩萨保佑……"

"菩萨真的很灵的，"齐谨逸很肯定地说，稍稍压低了一些声音，"因为之后有一天晚上，我偷偷跑来佛堂，跪在这里跟菩萨说，请菩萨保佑我和可爱懂事又好看的孩子一起玩，我也会保护他……"

他眼里映着长明灯的火光："你看，现在我就来还愿了啊！"

这一次登门拜访顺顺利利的，也很愉快。凌子筠和衣躺在床上，嘴角的弧度怎么都消不下去，生活怎么可以甜成这样，好像过年时说出的那些吉祥语，什么心想事成，什么万事顺意，全都成了真。

齐谨逸看着凌子筠得逞的笑容，无奈地笑着摇了摇头，向他道了晚安。

怕自己起床太晚给齐家人留下坏印象，凌子筠迷迷糊糊地在第一次睁眼时就坐起了身，强迫自己清醒过来，看钟才不到六点。

他本来就有起床气，只能愤愤地跳下床洗漱穿衣，然后轻手轻脚地开门出去。

齐宅的清晨很静，保姆们脚步匆匆地往客厅里走，凌子筠生气时不想说话，就没跟他们打听情况，只抿着嘴不明所以地跟在他们身后，一路走到客厅。

几位长辈站在客厅里，围着一对相拥的年轻男女，脸上都带着善意和煦的笑。

齐谨逸的腰被齐妮妮紧紧搂着，挣扎不开，只能亲昵地拍拍她的头："怎么不订晚点的机票？大清早下飞机多累。"

终于见到这个不正经的二哥，齐妮妮气得要死，伸手去拽他耳朵："你把曼玲姐姐丢给我，自己逍遥自在！真是禽兽不如！"

要不是跟曼玲通话时曼玲提了一句，她都不知道这件事！连通知都不通知一声，真是要把她气到翻白眼，让她觉得自己好没地位。

这些家教好的子女骂人都骂不出什么新意，齐谨逸笑着讨饶，把自己的耳朵从她手下拯救出来。"好啦，你不是特意回来见他的吗？他还在睡，等他睡醒介绍你们认识，你先去休整一下。"

见小妹还想拉住齐谨逸问个详细，齐谨观适时插嘴："妮妮回来都直接往二哥怀里扑，我好受伤。"

齐妮妮果然被转移了注意力："还有你啊！你是不是一早就知道？你们就欺负我一个人在国外，有情况都不第一时间告诉我！"

齐谨逸不放心凌子筠自己睡太久，笑着骂她几句八婆，艰难地从她手上脱身，将她甩给大哥大嫂，自己转身回了房。

齐谨逸放轻了脚步，推开门就看到凌子筠抱着被子坐在床上，白着一张脸咬住下唇，见自己进来也不说话。

齐谨逸跟他一起生活了一段时间，知道他有起床气，也知道他最不喜欢睡醒的时候身边没有人，心叹一声糟糕，赶紧凑过去哄人。

凌子筠垂着眼不吭声，不给他机会。

"我错了。"齐谨逸坐到床上，可怜兮兮地直视凌子筠，"我怕吵到你，就没叫醒你。"

他看凌子筠仍不说话，便继续道歉："对不起嘛。对了，我妹妹回来了。"

凌子筠心想这次一定要撑足半小时不搭理他，任他怎么挑起话题都当他是空气，看都不看他一眼。

"咔嗒——"

耳朵上的穿耳钉被轻巧地拆了下来，小心地换上了另外一枚，凌子筠立刻破功，瞪着齐谨逸："终于记得啦？"

说好送自己耳钉，拖了这么久都不见踪影，还以为他在空手套白狼。

"一直放在英国，妮妮帮我带回来的。"小妹沉浸在八卦的氛围中，全然不知自己被当成了快递员。齐谨逸说着就想笑，然后伸手转了转凌子筠耳上的新钻钉。

远处有飞机沿着规划好的航线擦过天际，拖出的尾线把蓝天撕开一条白痕。近处有鸟雀在园中跳跃，啄食着艳红的小圆果。屋外是晴朗风景，屋内是餐桌前对坐的两人。落地窗前的隔光厚帘尽被拉开束好，微温的晨光将宽阔的饭厅照得通透，把人的发梢都烘得柔软，是一个再安宁不过的早晨。

只是人心都不似环境宁静，反而有些躁动。

齐谨逸穿着一套宽松柔软的居家服，捏着小匙搅动杯中的黑咖啡，心不在焉地翻过管家拿来的早报，在脑中删删改改地排着日程表。

近来他暂时戒掉了懒病，办事效率突破新高，连日忙着核账，昨夜也一夜未眠，眼下乌青淡淡。

不只是对公事如此，他犹如黄世仁再世，又似周扒皮附身，丝毫不顾 James 快翻到天边的白眼，日夜督促鞭策着他抓紧时间落实方案，装好的房子再过一个月即可入住。英国那边又发了邮件过来，是时候回去一趟了。

"齐谨逸！"

齐谨逸听见凌子筠叫他，如梦初醒，看见小孩微恼的表情。

"叫你几次都不应，魂飞到哪里了？"凌子筠拉下他手中的报纸，瞪他一眼。

这几天他似是有事要忙，连着几天都宿在书房，都不怎么理凌子筠，让凌子筠也睡得不太好。凌子筠不想打扰他工作，但心里难免觉得被冷落，清早连叫他四次他都不理，便实在有些憋不住火气。

"抱歉，在想事情。"齐谨逸揉揉额角，又喝了一口咖啡，让自己稍稍醒神，"怎么了？"

凌子筠想抱怨几句，但看见他眼下的乌青又把话咽了回去，推了张通知单到他眼前："学校开放日，要开家长会。"

齐谨逸一愣，接过那张纸细看了一眼，望见上面的日期，愈感头疼，顺手叩了叩桌子："前天发下的通知，怎么今天才跟我说？"

这下好了，排好的日程又要改。

心情本来就烦躁，又听他略带责怪地说话，凌子筠心头火起，语气也冲了起来："你天天忙得不见人影，我怎么跟你说？你不去也 OK，我让管家去就好！"

二十七岁的人不似年轻人擅长通宵，思维轻飘飘的，齐谨逸有些疲于应对他的怒意，却还是好脾气地拍拍他的头："好啦，我会去的。"

凌子筠眉头轻轻皱着，不再接话，垂着眼喝他的牛奶。

齐谨逸整理了一下心情，拿起手机发邮件改了视频会议的时间，又让管家过来续了一杯咖啡，然后捏了捏凌子筠的脸，问："最近有没有发生什么趣事？"

　　哪儿来的趣事！凌子筠下意识地想把叶倪坚又开始生事讲出来，抿了抿薄唇，又止住了话音，闷闷地终结了这个问题："没有。"

　　也不能什么事都要齐谨逸来解决，再说，他被叶倪坚烦得一整个星期都挂着黑脸，齐谨逸完全没发现就算了，居然还问他有没有发生什么"趣事"！

　　他到底有没有注意自己啊？

　　把自己想得越来越烦躁，好不容易舒缓下来的心情重坠谷底。凌子筠脸色如冰，也不等齐谨逸再找新的话题，推开面前的餐盘，拎起书包径直出门上车去了学校。

　　他的动作太快，好似一阵愤怒的旋风。齐谨逸端着咖啡杯的手僵在半空，一头雾水地看着他愤愤离去的背影，又看向上前来收拾餐具的管家："迟来的叛逆期？"

　　开放日并没有特殊活动，只是让学生家长来参观学生平时的上课状态，大家都拿出书来装作认真，平时睡觉逃课的学生也乖乖坐在课室里听讲。

　　齐谨逸到的时候学校刚下第二节课，课间休息时间很长，不少家长站在课室外与自家小孩交谈。

他慢悠悠地走到他们班级后门，一眼就看到坐在末排的小孩正撑着头看向窗外，背影有些寂寥，跟周边叽喳的同学格格不入。有戴着袖标的学生在分发课间营养餐，橘子和小面包被摆到桌上，凌子筠转头道了声谢，却没去动那些食物。

齐谨逸走进去，轻轻拍了一下他的头："没剥好的水果就不吃吗，大少爷？"

手机信箱快被叶倪坚发来的垃圾短信撑爆，凌子筠心里正烦，见到齐谨逸也难有好脸色，撇过头去不搭话。

"有没有认真听讲？"齐谨逸看出他心情不佳，刻意想逗他笑，一本正经地问，"作业有没有按时完成？跟同学相处得好不好？"

凌子筠没心情跟他开玩笑，直接挥开了他的手，齐谨逸动作一顿。一个学生跟家人谈完话小跑进来，好奇地打量了他一下，又转头看凌子筠。"子筠，这是你哥哥吗？长得好帅！"

没有让凌子筠在学校引起风波的打算，齐谨逸笑着答："我是他舅舅。子筠平时在学校乖不乖？"

"很乖的啊子筠，"陈安南撕开自己那袋小面包塞入嘴里，说话含含混混，"就是叶——"

凌子筠听见陈安南要提起叶倪坚，整个人都快炸了，火气直接烧到头顶，凉凉瞪了陈安南一眼。

陈安南没看到他的眼神，却自觉地咽下了那个名字，正巧上课铃打响，急急在座位上坐好，低头去翻找课本。

齐谨逸也没多逗留，转身出了课室。凌子筠烦躁地揉了揉头发，低头才看见自己手边放着一个剥好的橘子。

凌子筠的情绪太过反常，齐谨逸一件件排除了他生活中可能会发生的烦心事，想着会不会是又有人在学校里找他麻烦，就去找莫老师了解情况。

这位女老师还很年轻，却很负责，她看着凌子筠这个不知从哪里冒出来的年轻舅舅，叹了口气："子筠一直成绩很好，就是跟同学关系不冷不热，我有特地关照过他是不是受到霸凌，但他都说没有，也没观察到有不对的情况……"

齐谨逸想了想，问："有没有跟他玩得比较近的同学？"

"他不常参加校园活动，性格也比较孤僻不合群，所以……跟他关系最好的应该就是他同桌陈安南了，哦对，还有外班的叶倪坚。"她答。

"子筠不是孤僻不合群，只是有点内向而已。"齐谨逸纠正她的说法，看她赶忙点头说是，又轻轻皱起眉："叶倪坚？"

"对，六班的叶倪坚，"眼前的男人明明生得十分年轻，一皱眉却有种很强的压迫感，莫老师十分小心地答话，"他们一直关系很好的。从入校后不久开始，好像是那时他们一起打球，凌子筠脚扭伤，叶倪坚送他去了校医室，之后两人关系就一直很好，也经常约出去一起玩。"

打球、扭伤、校医室，敏锐地从她的话中抓出了几个关键词，齐谨逸蓦地想起那夜在圣安华时凌子筠莫名其妙的问题和举动。

在脑中把叶倪坚这个名字联系到档案上的照片，又联系到那天围堵凌子筠的人身上，齐谨逸揉了揉额角，心里有了个模糊的设想。"好的，我知道了，谢谢莫老师。"

他微微一笑，莫老师有些面红，起身送他到办公室门口。

为了凌子筠的身体健康，齐谨逸近来烟抽得很少，连通宵时都硬熬着没抽几根烟，现在却忍不住把烟盒拿了出来。

在掌心将烟盒倒着磕了磕，他垂着眼慢慢拆开包装，用力咬破齿间的爆珠，让浓厚的薄荷烟气灌入肺中。

诸位家长都有繁重事业要忙，家长会通情达理地开得简短，老师简述完学生表现，公布了接下来的学习计划和安排，再叮嘱几句要时时注意孩子的心理健康，就早早散了会。

不同于其他直接驱车回公司的家长，齐谨逸一直站在课室外等到学生放学，看凌子筠慢慢收拾好书本笔盒，拎着书包朝自己走来。

其他的同学一早在放学铃打响时就三五成群冲了出去，只留几个值日生唉声叹气地结伴去工具间拿清洁用品。

上完一整天课，又见到齐谨逸一直在等他，凌子筠的心情稍稍平复下来了一点，把书包甩给他："大忙人今天怎么有空等我放学？"

"还以为你不会主动跟我说话，"齐谨逸今天穿得休闲，书包拎在肩上的样子毫不违和，"想多陪陪你啊！"

那前几天怎么不陪？凌子筠悄悄翻了个白眼，仍是不客气地开口："当爸爸的感想如何？"

齐谨逸迅速进入角色，做作地夸张叹气："很麻烦，以后一定不要小孩。"

"当初一时脑热，现在又嫌我麻烦？"凌子筠用手肘轻轻顶他，"小婴儿确实好麻烦，软软一只，难照顾。"

"怎么会嫌你麻烦？"齐谨逸失笑道。

凌子筠敏感地轻轻皱眉，一言不发地转身往厕所走。

小孩周身散发出的气场烦躁又消极。今天怎么好像一直在错频？齐谨逸不知道自己说错了什么，但还是赶紧跟上去赔罪："怎么了嘛，我开玩笑的。"

凌子筠没有理他，自顾自地用凉水洗脸，试图让自己过热的脑神经冷却下来，不要为了这种无意义的事情生气。

——可就是很生气啊！

水逆都没有这么衰！叶倪坚的麻烦还没解决，又被齐谨逸忽视了整整一周，本想借参加家长会的名义叫他来学校陪自己，结果反而更让人气愤、更让人憋屈了。

齐谨逸回顾了一下方才跟他的对话，想了想，伸手扳过他的肩，抹掉他脸上挂着的水珠，笑道："我没觉得你麻烦啊，你怎么会这样想？"

凌子筠真切地气极，连耳尖都气得发红，又一次拍开他的手。"我觉得你麻烦！"

通宵后的疲惫和困倦从后脑涌了上来，齐谨逸束手无策地捏了捏山根。"你到底在气什么啊？怎么我都搞不懂——"

他是想好好提问的，奈何他真的太疲倦，话音听起来只有十足的无奈和倦怠。

雷区被他在上面连蹦带跳连滚带爬地触了个遍，凌子筠难以置信地看着他："齐谨逸！"

被人连名带姓地叫是个极其危险的信号，齐谨逸立刻举手做投降状，不由分说地认错："我错了，你不要生气好不好？"

凌子筠正准备说话，裤袋中的手机振了起来。他不耐烦地掏出手机来看，看见上面显示的名字就直接按了挂断，心烦意乱地揉了揉头发。

齐谨逸瞥到屏幕上的来电显示，是那个让自己有些在意的名字，便抓住了凌子筠的手腕，脱口问道："叶倪坚？是那天带人围你的人？"

上一个问题还没解决，"叶倪坚"三个字又像尖刺扎进心里，凌子筠用力甩开他的手，想也没想地吼他："关你什么事！"

早做什么去了，现在又来装关切！

齐谨逸从没见过凌子筠眼里的惊怒和表露如此明显的情绪，本就累极，有些不知所措地看着面前发怒的少年。

凌子筠咬着牙瞪他，带着戾气的眼微微发红。

沉默代替了回答，齐谨逸看着面前的凌子筠，心和脸色一同沉了下去，眼里没有了惯有的温和，口吻也有些冰冷："关我什么事？"

凌子筠没见过齐谨逸用这样的眼神看着自己，迅速收回了些情绪，心里漫上些许不安。"不是……"

他是气齐谨逸忽视了被叶倪坚惹火的自己，这是他们两人之间的事，和叶倪坚本身没有什么关系，却又的确是因叶倪坚而起，以至于他的话答得有几分不确定，听在齐谨逸耳里就全然变了味道。

接收到了完全错误的信号，齐谨逸沉默了片刻，强制冷静下来，才平静地开口："他是不是又来找你麻烦了？需不需要我帮你解决？"

他的话音太凉，颇有几分疏离的感觉，凌子筠不明白怎么生气的人变成了他，便轻轻皱起眉，态度有些强硬地答了"不用"，说自己解决就好。

叶倪坚就像是一道扔不掉的剩菜藏在凌子筠心底，腐烂发霉变质生虫，让他一想到就烦心反胃，不想被任何人发现这令人难堪的存在。

他话里要将自己撇开的意味过于明显，齐谨逸没有说话，有学生打闹的声音远远传来，他们之间只剩静默。

凌子筠看着齐谨逸眼里的温度一点点降下去，总觉得哪里不对劲，又觉得自己什么都没说错做错，仍倔强地与他对视。

齐谨逸却没如他所愿地出声打圆场哄他。时间在沉默中一分一秒过去，凌子筠心中的不安渐渐膨胀起来，即将达到临界点。

不想再在僵持中浪费时间，齐谨逸抬手看了一眼手表，无视了凌子筠一瞬僵直的背脊和面上的欲言又止。"司机应该到了，走吧。"

　　凌子筠不露痕迹地松了一口气，想去拉齐谨逸，又不想先一步服软，就转身往外走去，直至走出了数米远，转头才发现齐谨逸仍站在原地没动。他忍住了心里一瞬泛上的慌张，强装镇定地问："你还站着做什么？"

　　齐谨逸低头发着信息，半晌才抬头看他。"别让司机等太久。再见，凌子筠。"

第八章

以吾名

不知道在饭厅坐了多久，时间分秒过去。佐餐的酒清淡如水，晚餐被如同嚼蜡般吃完，撤下后又换上当夜宵的糖水，质地稀稀薄薄，加入了足料的冰糖，吃在嘴里却尝不出一丝甜味。

　　凌子筠愣怔地坐着，他身上的伤早已痊愈，背上不再贴有散发着浓厚药味的贴布，空气是无味的，室内有果味的熏香，桌上摆有新鲜的切花，只是身侧没了那个总带着一身木质香水味的人，一切味道就都仿佛变了质，味不是味，香不觉香。

　　手机就摆在手边的桌面上，静得好像一块砖石。凌子筠微微低着头，却没往手机上看，只是直直地坐着，如同入了定，一直到保姆房都关了灯。

　　等在一旁的管家来劝他："少爷，很晚了，明天还有课。"

　　"好。"他连肩颈都已坐得僵硬，慢慢转头往大门方向看了一眼，垂下了眼。

　　站起身才发现衣摆被捏出了一片皱褶，他抿起嘴，低头抻着衣摆，像是在问管家话，又像是在自言自语："齐谨逸……有没有说他会几时回来？"

他的声音太细，管家没能听清，疑惑地"嗯"了一声，他就不再问了，缓步回了房。

房间跟心脏一样空落落，本就惹了齐谨逸生气，他也不敢再任性，免得日后被揪出来罪加一等。只如梦游般洗漱完毕，他才倒在床上，用手捂住微微发热的眼眶，低低哽咽了一声。

他还太小，不知世上琐事纷纷，即使是亲人，也难担各自的烦躁，只看得见其中的互不理解，也还未学会退让。这不是他的错，但更不是齐谨逸的错。

其实他没有很怕，也没有很伤心，他知道齐谨逸不会简简单单就抛下他一个。他只是很气，气齐谨逸忽视自己，气齐谨逸猜不透他的心情，又气自己莫名其妙，气自己有话说不出来，气自己有恃无恐，气自己处理不好心情……

渐渐转移了责怪的对象，悔意涨满血管，一遍遍流经胸腔，冲上眼眶，他却倔倔不肯落泪。

认错好难？好难。他解开手机屏幕，反复点开通话界面又关掉，想找齐谨逸，又害怕听见关机的提示音。屏幕亮了又灭，他输入几个字词，语气或硬或软，又一点点删去，最后随手将手机扔到了地毯上，拿过了放在床头的 CD 机。

好脾气的人生起气来才吓人，齐谨逸今晚大概率是不会回来了。凌子筠又叹一口气，像在吐一口忧愁的烟。

每句感伤的歌词听在耳中都像在唱自己。丝质的床品冷冰冰的，简直教人不愿去睡，在低落的心情中望尽房内熟悉的景物，也觉得冰凉无趣死气沉沉。

吵架时一般都会做些什么？凌子筠没经验，不知道答案。

他左右辗转，干脆扯下耳机翻身坐起，把手机捡了起来，换衫出门。

出了门才发觉自己真是被齐谨逸惯坏不少，整个人的自理能力近乎退化为零。衣服穿得不够暖，有风从领口灌进来，冻得他轻轻发颤，穿着新买的鞋又忘记涂防磨脚的药膏，像有两柄钝刀横在脚后，最惨的是——

他走到车库，发现自己不会开车。

凌子筠气闷地对着车窗外膜上映出的自己翻了一个白眼，在心里骂自己实在没用，连想伤情兜风矫情一下都做不到。

想什么啊，又不是在拍电影。他撇撇嘴角，同时撇开了心里的伤春悲秋，回归现实，打开手机下载软件关联信用卡，叫了辆车。

被一系列烦琐的操作消磨掉了心里最后几分火气，他坐上了车，望着窗外的风景发呆。

不是齐谨逸开车，连绚丽夜景都觉得颜色浅薄，再回想起坐在齐谨逸车上的种种时刻，就像喝下了一杯零度可乐，仍有甜味，只是甜得空洞又不对味，不及有他在身边时甜得切切实实。

指尖无规律地敲着手机屏幕，凌子筠放空地想着齐谨逸现在会在干什么，是睡了还是醒着，要是醒着的话，大概率是在忙公司的事吧。他近来劳累，凌子筠又不是不知道，也怪不得今天他会这么不在状态了。

越想越自责，凌子筠垂眼看着手机，又怕吵到他睡觉，又怕打扰他工作，又怕万一他在开车，手指在拨号键上悬停了半天，怎么样也按不下去。

没等他纠结完，司机把车子停了下来："先生，圣安华到了。"

矛盾产生后一般会做些什么？总不会像齐谨逸这么做。

他从凌子筠的学校里出来，便径直从邮箱中翻出了齐添做好的文身图，去了信任的店里躺下挨针，针针扎落丝丝渗血，也不知道是在跟谁赌气。

间中他记着正事，与身在英国的下属进行了一个半小时的视频通话，交代好各项工作，又告知了自己行程延后——

之后就放飞了劣质人格，全然不顾自己已是大人，不好跟小孩子计较，仗气欺人地去查叶家，正好看见几个跟自家有些联系的项目，也不管会不会有损信誉，即刻任性反水，搞到叶家已经下班了的负责人连饭都吃不上，四处求人联系他，他只留低一句"管好小辈"就拉黑了人家，再继续气闷地挨针扎。

被相熟的文身师通知来看热闹的齐骁坐在一旁，看完全程，大笑他疯癫。别人吵架都是辱骂对方摔碎物件，他倒好，跑来文跟对方相关的文身，还自降身价去跟小自己十岁的小孩较劲。

"我是太困了，意识不清醒。"齐谨逸难得露出了青春时那种跳脱又无赖的模样，句句强词夺理，又不满地看着齐骁，"你真的很闲，都没有事做的吗？"

"你还不是整天闲着？"齐骁驳他，看着他心上的那个字母一点点被新文上的线条分割，又被色块覆盖，调侃地感叹了一句，又说："你真的真的来真的啊？"

齐谨逸大方地免费赠他一对白眼："早跟你说过，你又不信。"

"除了你自己，翻遍全市啊，都找不出第二个信你的人。"齐骁挑眉。

文身师一边落针一边擦去流出的血和组织液，头也不抬地插话："我信啊，文这里好痛的，他还要文这么复杂的图。"

说罢又看了齐谨逸一眼："这图文完没法洗的哦，再盖就要文花肩了。"

"都文到一半了你才讲！"齐谨逸笑骂他一句，又说："洗什么？不洗，也不会盖。"

齐骁"啧啧"地赞叹，又不说好话："谁不是起初信誓旦旦，真正做到的有几个？谁知道你是不是一时过激，过半年又后悔？"

懒得与他争辩，齐谨逸半合着眼装死，顺便放松神经，又听见他说："生气就做点生气该做的事，失眠痛哭买醉——对哦，喝酒！都说真金不怕火炼！"

齐谨逸无奈："我刚文——"

齐骁挂掉电话，笑着转眼看他："OK，组好局了。"

　　凌子筠也不知道自己为什么要跑来圣安华，但心情不好的人总有任性妄为的权利。

　　生疏地学着齐谨逸的样子翻过围墙，凌子筠站在灌木丛里，看着被浅浅磨伤的掌心，开始为圣安华的安保措施感到忧心。

　　沿着一起走过的路线再走一遍，上一次是在覆盖记忆，这一次是在温习心情。花仍是花，叶仍是叶，他看着眼前的风景，仍记得当时一团乱麻的心思。

　　被齐谨逸带来，有他在旁的时候，凌子筠觉得刺激，心安理得地把自己放在弱势地位，露出一些惊惶担忧，任他带自己躲过校警，任他安抚自己，享受安全感的包围。现在自己来了，反而清清醒醒淡淡定定，轻车熟路地避过校警，连撬锁的时候都十分镇定，仿佛一夜长大十岁。

　　一边笑自己神经质，一边觉得低落的心情渐渐缓和。凌子筠一步步踏上台阶，想起自己在这里被齐谨逸恶作剧。

　　凌子筠虚虚捞了一把月光，看着自己被光映照的指尖。是自己错了。

　　被负面情绪罩住了眼睛。他怎么会觉得齐谨逸不够重视他，不够在乎他？他说要去英国读书，齐谨逸就帮他对比挑选好学校，把入学要求明明白白列给他，什么时间要考什么试最好再拿什么证，全都没他操心的余地。

他还想要齐谨逸怎样？

没体谅齐谨逸辛苦就算了，是他总爱藏起情绪、盖起异样的，还怪人猜不出看不透他的心情——他怎么这么过分啊！

站在照片纪念墙前，凌子筠看着笑得青涩的齐谨逸，伸手抚过那张相纸，哀哀叹气，叹着叹着又傻傻笑了起来。

"人生苦短，及时行乐……"他念齐谨逸没正形的人生教条。"行乐行乐，行乐才对。"齐谨逸也该是他人生中的乐事才对。

于心里对自己的无理取闹向齐谨逸软软道歉，行动上又不服输地咬开钢笔帽，在齐谨逸的人生教条下涂涂画画。

"不与子筠吵架。""不惹子筠生气。"小字密密麻麻，好似在写作文。难得做出此类恶作剧一般的行为，凌子筠嘴角的弧度就没放下来过，心情渐好。

他写得起劲，装在口袋里的手机突然振动了起来。像做坏事被抓了现行，他有几分心虚地拿出了手机，解开屏幕。

本以为是齐谨逸，上面却显示着一个陌生的号码，大概率是被拉黑的叶倪坚了。

屏幕上只有两个冷冰冰的字：出来。原本升腾起来的心情急急坠落，凌子筠面色一寒，手指点点便准备再把他拉黑一遍，却看到附件里还有几张图片。

学校里信号不佳，他不耐烦地点着手机屏幕，直到图片被一点点加载出来。

听闻齐谨逸回国后首次组局，众弟兄好友迅速齐聚酒场，一人送出一座香槟塔，没能到场的还专诚打电话过来送酒以表心意，齐心合力把他们这桌送成全场消费最高。站在高台上的DJ拿麦点了他的姓，全场的人都望了过来。

齐谨逸尴尬又不情愿地起身招了招手，回身拉住一旁的"罪魁祸首"，咬牙切齿："齐骁！"

酒吧吵闹，对话都要用喊的，齐骁笑着拍他的肩："干什么，不觉得威风？"

用力推开借着热舞贴到自己身上的男男女女，齐谨逸头疼地看着眼前堆成连绵群山的香槟塔。"搞什么啊！"

香槟爽口清甜，齐骁仰头灌下一大口，又无赖地笑："陪你喝酒散心啊！"

刚文完身，能喝才有鬼！齐谨逸身上贴着包裹文身的透明薄膜，难得爆粗骂了齐骁一声。这里信号太差，发给凌子筠报备行踪的信息条条都显示发送失败，他又发送了几遍，才记起现在仍在冷战阶段，闷闷地收了手机倒进卡座，烦躁地喝果汁。

齐骁从来看热闹不嫌事大，恨不得通告全城是齐谨逸组的局，相熟或不熟的阔少们应声而来，众多想攀附的男女也闻风而动，幸好这家酒吧占地面积够大，才能塞下疯狂乱舞的众人。

许多人来找他敬酒，他又不能喝，只能一杯杯回以果汁。快被果汁撑到胃酸呕吐，他找了个空隙一把拉过齐骁，躲到空包厢里抽烟。

喧闹的乐声被包厢门一瞬隔绝，齐谨逸无奈地看着给自己点烟的齐骁："哥哥，我真的服了你了。叫那么多人过来，你到底想做什么啊！"

"都说了，火炼真金啊！"齐骁笑着一抬手，透过玻璃门指向外面的幢幢人影。

齐谨逸表情好似见鬼："大哥，拜托你自己睁开眼看看，哪有人好看……"

齐骁笑道："好啦好啦，算你过关！"

齐谨逸白他一眼，吸尽最后一口烟，刚把门推开，就看见了一个眼熟的身影，纤纤细细，被扯得跌跌撞撞，不禁愣住了动作。

齐骁顺着他的目光看了过去，也愣了一下，语气有些幸灾乐祸："哦哟，好像有人没过关哦。"

凌子筠被叶倪坚逼到了这里，任叶倪坚拉着，从欢闹的人群中挤过。他刚刚被叶倪坚强灌了几杯龙舌兰，辛辣的酒液灼烧着他的食管和胃，让他全身上下从里到外都反胃到了极限。

叶倪坚根本没管身后的人，直直拽着他往前走。人群纷乱，凌子筠被不少人撞到，有些人还把酒泼到了他身上。酒渍染脏了他的衣服，湿湿黏黏地贴在他身上，让他看起来有几分狼狈。

"叶倪坚！"音乐声震得他耳膜生疼，他难得失态大吼，"你要干什么！"

从前在自己面前乖顺得像绵羊，即使翻了脸也冷冷地任打任骂——凌子筠上次还了手，现在还露出这副凶恶的样子，叶倪坚眼里的怒意像能把人烧成灰烬，一把将凌子筠拉到角落，扼住了他的脖子："你这是什么态度？"

凌子筠用力挥开他的手，又被他制住了手腕。叶倪坚举着手机，像要把手里的机器捏碎。"你真的很恶心。"

叶倪坚的理智线已经被烧断了，甚至都不知道自己的怒火从何而来。

凌子筠抿着嘴不说话，一双眼阴郁地看着叶倪坚。

叶倪坚紧紧地掐着凌子筠的手腕，一副怒极反笑的表情："OK，你也看到都是谁在这里了，你说，要是让他们知道你是凌家的独子，会怎样？"

"你到底要怎样？"胃酸翻腾，凌子筠艰难地挤出几个字。

要怎样？叶倪坚也不知道，只瞪视着他。"那个人是谁？是那天那个男人？"

"关你什么事？"凌子筠想出声骂，又怕自己一开口就会控制不住地吐出来，只能死死地咬着唇。

"叫你说话！"叶倪坚猛地松开手，又一勾拳打在他脸上。凌子筠一时失力跌倒在地，愤恨地仰头看着叶倪坚。

叶倪坚俯视着凌子笃，他的眼睛分明又水亮，笼着自醉又醉人的酒雾，看得叶倪坚脑子白了一瞬，低头就想去摧毁这种纯粹。

凌子笃一霎时瞪大了双眼，侧头躲过叶倪坚凑近的脸，挣扎着要站起来，又被叶倪坚二次按倒，要伸手去捏他的下巴。被醉意拆卸掉了力气，凌子笃极力忍耐住呕吐的欲望，动作绵软却坚决地挣开了叶倪坚。

酒精与迷幻的音乐促动着滚滚情绪，叶倪坚几次三番地被挣开，不怒反笑地抓住了凌子笃的头发："怕什么，这不就是你想要的吗？"

凌子笃不敢置信地看着他，不懂怎么会有人能有恃无恐到这步田地，为所欲为！

被凌子笃脸上憎恶的表情激怒，叶倪坚又扬起了拳头。凌子笃正欲反手回击，就看到了站在叶倪坚身后的齐谨逸。

舞池人多，齐谨逸花了点时间才找到他们的位置。

不等叶倪坚说话，齐谨逸一把抓住了他的手腕，又一脚踢在他腿弯，把他撂在地上。

他们这边动作太大，一众酒客迅速撤到一旁，认清是谁之后更是连热闹都不敢明目张胆地看，先躲远了一点，才偷偷往这边望。

都是自己的错，任性撇下凌子笃一人，才会又教他受罪。忍着怒发冲冠的火气，齐谨逸轻手扶起凌子笃，一下下顺着他的背，要他别怕，又叫齐骁过来验他的情况。

面对叶倪坚时还不觉有什么，除了觉得酒醉烦躁，情绪没什么太大的起伏，直至见到齐谨逸的瞬间才觉得自己委屈。凌子筠紧紧抓着齐谨逸，都不肯松手让齐骁看他的手臂。

齐谨逸自责地低声哄小朋友，叫他乖，又问他有没有沾不好的东西。凌子筠摇头又摇头，抱着齐谨逸不肯松开。

"好了好了，没事了。"刚文上图案的胸口被扯得钝钝发痛，齐谨逸也没把他推开，伸手轻轻揉他的头发。

本来也没事。凌子筠不小心扫到了齐谨逸的胸膛，似乎有些不对，他领口处露出了一块透明薄膜。

意识到了齐谨逸做了什么，凌子筠睁大眼，怔怔地看着他的胸口。被薄膜覆盖住的皮肤一片红肿，一定还很疼。

太过浓烈的情感自心底涌上心头，涨满了身体，几乎要引爆泪腺。凌子筠想说些什么，又觉得说什么都苍白，只能紧紧抓住齐谨逸的手。

叶倪坚看得大脑刺痛，跌跌撞撞地站起身，也不知道自己能做什么、该做什么，只茫然地企图上前去拉凌子筠。

凌子筠一秒按住了齐谨逸预备上前的动作："我自己的事，我自己解决。"

齐谨逸看着表情倔强的小朋友，解除了心里的愧疚，信任地揉了揉他的头，往后退了几步，给他们让出一定的空间。

被齐谨逸踢伤的地方隐隐作痛，叶倪坚往后靠到墙上，手背抵着额头，固执又不解地看着凌子筠。

一场普普通通的球赛，瘦高的少年被陈安南拉着上了场。叶倪坚知道他，他的成绩很好，名字从入学起便一直排在榜首。他运球投球的动作都利落得带风，被冲撞到跌倒在地，扭到了脚，还一脸冷静地忍痛坐在场边。

他们顺理成章地熟络起来，成了好友。一直做好友不好吗？

身于咫尺，心于千里。凌子筠看着叶倪坚，这个他曾经与之并肩过的人，捏起了拳头又松开，心中顿生出一种无力感。

他想要与其成为挚友的是那个会放下比赛背自己去校医室，认真听自己讲题，与他在自习室共用耳机分享一首歌，对自己笑得温暖灿烂的人；不是这个会厌恶地看着自己，威胁自己的人。

那份被撕得鲜血淋漓的情谊，早在他还手揍到叶倪坚脸上的那天就戛然而止了。

他看着叶倪坚的眼睛，看着叶倪坚眼里真切的疑惑，挣脱了酒醉的晕眩感，认认真真、郑郑重重、一字一顿道："我们不再是朋友了。"

那些似懂非懂的、似酸又苦的，都已过了，不可再追。

他已有了"现在"和"将来"。

叶倪坚被凌子筠的话撞得心内一震，胸腔里漫涨起的全是酸涩与疼痛，根本分辨不出在脑中沸腾的是哪一种情绪，甚至生出了一种被戏耍的恼怒感。他无话可说，好像不管说什么都会觉得挫败，只能勉力组织起冷静，试图以讲和来维护最后的尊严，或者是为了留住一些别的什么。

他用力扔下手里的手机，轻薄的机器在地上翻滚几番，沾满了湿黏的酒液。他垂眼看着碎裂成蛛网的屏幕，觉得好像有什么东西也一并碎掉了。他看了齐谨逸一眼，尽力拿出无所谓的态度，又对凌子筠轻松地笑笑："是吗？"

凌子筠静了一会儿，说："是。"

他没再管叶倪坚，而是转身拉过了齐谨逸，步步穿过拥挤的人群，每一步都踩着自己如鼓的心跳，往 DJ 舞台的正中走。

齐谨逸一开始还莫名，不过片刻后便弄懂了小孩想干吗，在他身后无奈地低笑。

半是被叶倪坚先前威胁的举动激的，半是早先怪罪齐谨逸的怨气遗留，而占比更重的是看见那幅文身图样的激荡。凌子筠凭着一股冲脑的意气挤开 DJ，在众目睽睽之下把齐谨逸推到了高台上，自己也站了上去。

乐声依旧震耳，所有人都看着他们。

急速奔涌的血液冲击着大脑神经，他定定地看着齐谨逸。

尖叫、口哨、欢呼声几乎盖过了乐声，凌子筠绷紧的神经霎时松了下来，想笑，又觉得眼眶很热，对齐谨逸小声地说："不知道在场的都有谁啊，还任我胡闹？"

"怎么会是胡闹。"齐谨逸笑着答话，顺手拿过了放在 DJ 台上的麦。

凌子筠看到他的动作，轻轻推他："喂——"

齐谨逸又把麦拿到嘴边："劳烦大家注意一下这边——"

"是我，齐谨逸——"

凌子筠凑到麦旁边，跟着大喊："是我，凌子筠。"

报上名姓，余下无须再多言。

番外一
有心人

十五岁的齐谨逸，样貌美俊，唇边刮净的胡楂泛青，茂密扎手的黑发剃剩几寸，身上校服衬衫白得泛蓝，不笑的时候看起来乖乖的，只有在笑起来时才会显出几分风流倜傥。

十五岁时的暮色柔软地垂在空中，他算好时间，躲在斑驳的树影后，攀在圣安华奶油色的高墙上，弯身伸手去拉高墙下仰头站着的林睿仪。

十五岁的林睿仪手掌微温，捏在手中软得像棉。他用力抓紧齐谨逸，与齐谨逸一齐翻过围墙，伴着风声笑问："今次去哪儿？"

齐谨逸懒得拿主意，藏着心机，语气温柔："由你做主。"

一向有主见的林睿仪便咧嘴笑得满意，又拿手肘轻轻撞他："没主见！"

十五岁时的本市与他们一样年轻，空气中都是朝气与活力，路上行车与街上行人穿的西装一样棱角分明。他们一路笑闹，将解开的校服外套系在腰间，一前一后踏入新开的快餐店。

柜台前的队伍很长，林睿仪拖着齐谨逸缀在队末站好，转头打量店内的装潢："全市第一家哦，不知道有什么稀奇。"

有幼童光脚在店内的迷你乐园爬上爬下，发出阵阵大笑。齐谨逸眼睛扫过柜台上方悬着的招牌，满不在乎地回话："一样是洋垃圾。"

林睿仪嘲笑他说话老气，又说："喂，你看那边，有个小朋友，模样好可爱。"

齐谨逸便转头看向窗边。

一个脸颊饱满、眼睫密长的小孩独自坐在双人桌边，圆领衬衫搭背带裤，黑色皮鞋擦得极亮，衬着光洁白皙的半截小腿，整个人被夕阳镀上一层柔光。

林睿仪看着小朋友齐肩微鬈的黑发，又眯起眼睛，斜斜身子去看他的瞳色，之后开始推测："好似混血，生得真好看。"

"去看看不就知了？"齐谨逸本就不想吃快餐，干脆顺水推舟地拉起林睿仪，径直往窗边走。

"喂喂，你做什么啊！"林睿仪作势要打他，只是手还没来得及落下，就被带到了小朋友面前。

大大方方地伸手在小朋友眼前晃了一晃，齐谨逸笑着打招呼："你好，我的朋友说你生得很可爱！"

不等林睿仪啐他，小朋友仰头看过来，乖乖巧巧地点点头，带着点奶音认真道谢："多谢哥哥。"

少见乖巧如斯的小孩，林睿仪惊叹："嚯，好有礼貌，又不怕人。"

齐谨逸又问："请问你是不是混血儿？"

小朋友似是被问得多了，自然地摇头否认，好似背书一般答话："不是，只是我妈妈有二分之一的欧洲血统。"

得了答案，齐谨逸瞬间翻脸不认人，板起表情吓唬小孩："怎么我问你就答？这样好危险，万一我们是坏人怎么办？抓你去卖钱！"

"整天吓人家小孩！"林睿仪拿手肘撞他，又翻他白眼。

小朋友却很淡定，连表情都未变，认真地说："你们是学生哥哥，不是坏人。"

"学生哥哥也有坏人的，"没吓到小孩，齐谨逸也不气馁，倚老卖老地发表观点，"大了你就知道了。"

听他与自己意见相悖，小朋友也不反驳，只是抿起嘴不说话。

"不要理他，他发神经。"林睿仪笑骂齐谨逸一句，伸手去揉小朋友浓密的发丝："你怎么一个人在这里？"

被陌生人揉了头发也没生气，小朋友答话永远认真："在等我妈妈。"

林睿仪便赞他："好乖。"

齐谨逸却撇了撇嘴："什么妈妈，把小朋友自己一个人丢在这里，也不怕他走丢。"

听他说到自己妈妈，小朋友仰起头，对上他浅棕色的眼睛："我不会走丢。"

齐谨逸耸耸肩没再说什么，伸手拉林睿仪靠在窗边。

"怎么不回去排队？"林睿仪疑惑，小声问他。

齐谨逸捏着耳骨上新打好的穿耳钉转了转，答得漫不经心："等他的妈妈来啊，不然真的被人抓去卖钱了怎么办？"

林睿仪笑他太好心，嘴上却懒洋洋地调侃道："别带坏小朋友啦！"

小朋友的奶音插了进来，带着一点幼稚的执拗："我不会被带坏。"

悄悄话被听见，不等林睿仪做出表示，齐谨逸大方地勾起手指，敲了一下小孩的额头："偷听大人说话，坏小孩。"

看出两人中谁才是坏心眼的那个，小朋友气闷地鼓了鼓腮，说话却仍然很老实："Sorry."

小孩太乖，齐谨逸难得生出几分罪恶感，轻轻拍了拍他的头："知道认错，很乖。"

看不下去齐谨逸颠倒是非，林睿仪叫他不要说话，自己转头与小朋友搭起了话，问他多大，在念哪家幼稚园，喜欢吃鸡翅还是汉堡。

小朋友一一答了，林睿仪也耐心地听了，又叫他好好学习，将来考圣安华。

齐谨逸忍不住插话："考什么圣安华，烂学校，规矩好多，又恶又严。"

林睿仪正准备驳他，却看见一个明艳的混血美人慢慢走上了楼梯。

美人穿着一条高垫肩的丝绒裙，五官深邃，鬈发柔亮，颈上戴着一串饱满的珍珠，脸色略有几分憔悴，反而更显得动人。

她两手空空，似是有些失魂落魄，也没注意站在窗边的两人，只柔声向小朋友道歉："Sorry 啊子筠，人实在太多，时间赶不及，明景湾那边都布置好了，我们先走好不好？"

没吃到快餐，小朋友也不显得失望，跳下座位牵住了美人的手，乖乖点头："好。"

齐谨逸与林睿仪自觉地退作背景不出声，小朋友却转头与他们挥手道别："哥哥再见。"

凌蒋大婚，大宅内外装饰绮丽，处处点灯。二十岁的齐谨逸从英国赶回来，捧着白色玫瑰去祝贺比花更娇艳的蒋曼玲。

二十五岁的曼玲披着白纱，一头芭比鬈发，繁复的蕾丝头纱衬住一张涂着红唇的漂亮脸蛋，被水晶吊灯映上一层迷离光泽。

她脸颊绯红，眼中染着别样的兴奋，拿涂着珠粉甲油的指甲戳他："要死啊你，来得这么晚！婚宴都没吃到！"

齐谨逸玩世不恭地拨了拨耳骨上的钻钉，咧嘴笑笑："上周出车祸，昨夜刚出院就搭飞机，你体谅体谅我啦！"

"啐，谁叫你成日开快车！不理你！我去确认下一套礼服！"
曼玲没心没肺地嗔他，把手中香槟放在台上，抱起层层纱摆，转
身去找管家。

不在意地拿起曼玲喝了一半的香槟抿过一口，齐谨逸理了理
袖扣。有不安分的情人远隔重洋夺命连环 call 到他手机，又被他看
都不看地一次次摁掉，只等正在大洋彼岸的 James 替他收拾残局。

大宅上下数层，十分气派，布着繁花的大厅内站满三五交谈
的宾客，人人见了他都笑着招呼，称呼他一声"齐少"。

他温文有礼地一一笑着应过去，又招呼过自家父母和大哥小
妹，视线一转，看见角落处站着一个胸前戴花的漂亮小朋友，手
中拿着橙汁，抿嘴笑得很乖。

小朋友站姿挺直，理着一头梳齐的短发，被大人围住，仰头
乖乖地答着话，又在大人转身后的一刹那冷下脸来。

二十岁的齐谨逸好奇心与玩心一样太重，看着小孩变脸便觉
得好笑，穿过人群去问那个小朋友："小朋友，你是花童？"

见有人来，小朋友又挂上笑脸，却没应话。

猜他是答话答得厌倦，齐谨逸默认了自己的猜测，又体谅小
孩辛苦，好心弯下身去，问他："要不要去吃甜品？"

小朋友看着这个突然冒出来的英俊青年，歪了歪头，片刻后
答："好。"

齐谨逸便笑起来："你知不知后厨在哪里？带我过去。"

后厨里有保姆忙来忙去，桌上布满盏盏小食，却都是大人口味，齐谨逸一一看过去，转身问小朋友意见："我叫人去给你买回来，OK？"

难得懒人如他善心大发，小朋友也很赏脸，点头说好，他便又问："你爱吃什么？"

好像之前都没人问过自己这个问题，小朋友一时不知该怎么答话，抿起唇认真地回想，而后说："杧果。"

齐谨逸拍了拍他的头，思索片刻，问："那，杨枝甘露，可不可以？"

小朋友实则很少吃甜品，只听名字便点头："好。"

"整天点头，头都要掉了。"齐谨逸少见小孩像他这样乖巧，不轻不重地捏他下巴，直到看他不满地拍开自己的手，才笑出了声，转头打电话叫人送甜品过来。

花园中高高低低点着晚灯，身侧尽是胭脂色、香槟色的伸手可折的繁花。二十岁的齐谨逸解开领带，陪初相识的小朋友坐在花前，合吃一份又甜又腻的冰凉甜品。

小朋友垂着眼睛慢慢咬大粒的杧果，又一粒粒抿下酸甜的西柚，吃相过分斯文。

"好像小大人啊你！"齐谨逸觉得好玩，轻轻戳他额角，"不喜欢热闹？"

小朋友转过脸，不算客气地反问："你喜欢？"

一丝骄纵露出了些微端倪，齐谨逸感到好笑地装作震惊："嚯，露出原形！"

小朋友还不太会翻白眼，只不屑地往下扯了扯嘴角，却又不忘道谢："谢谢，甜品很好吃。"

齐谨逸一向体贴，下意识地回："那下次再带你吃。"

咬了咬塑料匙尖，小朋友问："还有下次？"

后日就要返回英国，又不知眼前这是谁家小孩，齐谨逸仍是硬着头皮心虚地应了声："当然，吃甜品而已，又不是什么难事。"

似是看出了他的口不对心，小朋友细声地嗤笑，却没拆穿他，只看着大宅窗中透出的片片灯光，浅浅叹了声："好亮。"

分不出他说的是"好靓"还是"好亮"，齐谨逸还是配合地点了头，又看小朋友转过头来，指了指他耳骨上的钻钉："这个也好亮。"

齐谨逸一瞬警觉，严肃地教育小孩："不准学大人乱打耳钉！"

小朋友没忍住，不太熟练地翻了个白眼送他："我才不会。"

"又扮小大人。"齐谨逸再次戳了戳他的额角。

二十岁时的夜幕柔柔铺开，耳畔有虫鸣细响，旋律悠扬的弦乐从大宅内隐隐传来。齐谨逸收拢起小朋友吃空的塑料盒，向他伸出了手："走吧，要回去了，等下大人会担心。"

如果是平时，按小朋友的性格，该会甩开大人自己往前走，可此刻唇上还留着杧果与椰汁的甜味，伸在眼前的手掌看起来也坚实有力。

所以他伸出手去，牵住了眼前的手掌。

十五岁的叶倪坚戴着发带，眼中好似聚着满满的灿亮日光。

十五岁时的下课铃仿若世间最动听的乐音，他拨了拨一头直竖的短发，把手中篮球抛向某人的座位："走啊子筠，打球啦！"

凌子筠轻巧地接住直线飞来的篮球，手掌旋起，将篮球立在指尖转了转，又抛回给了站在班级门口的叶倪坚："不去不去，功课还未写完！"

"好学生啦你，"叶倪坚当他们班是自己班，走进来顺手拉过一只空椅，坐到凌子筠身边，"放学后再写啦，我陪你坐图书馆！"

凌子筠感到好笑地望他一眼："那怎么不放学再打球？"

"对哦，那样还可以打久一点！"叶倪坚拍拍额头，咧嘴笑起来，"那你快写功课，我陪你。"

"才十分钟，陪什么。"

放学后的球场空空荡荡，叶倪坚自己一遍遍练习着灌篮，凌子筠戴着耳机坐在场边写功课，听他收集的 CD 碟。

身边人影一闪，是叶倪坚跑了过来，坐在他身边："你在听什么？"

凌子筠扔了包纸巾给他擦汗，取下一边耳机递过去："自己听。"

"张国荣啊，好老气。"叶倪坚笑他，却没将耳机取下来，只向后靠住椅背，慢慢平复着过速的呼吸，又侧头去看他写功课："这么用功，成绩又好，怎么不考圣安华？"

凌子筠微微眯起眼，嘴角的弧度浅浅，心想那样不就遇不到你了？嘴上却答："圣安华有什么好，烂学校，规矩好多，又恶又严。"

叶倪坚大笑出声："听谁说的啊？明明很好！"

听谁说的？

凌子筠一刹那恍惚，又回过神，放低手中的作业本，探过身去拿叶倪坚手里的篮球："不写啦，走，打球！"

少年于球场上笑闹跃动，放在一旁的耳机里男声温软，淡淡的汗味被风卷散，十五岁的夕阳美得像他们一样，将他们的身影拖得很长。

英国似是永远那般阴雨连绵，二十五岁的齐谨逸慢慢开着车，悠闲地应付曼玲在电话那头的关心："知道啦，后年就回来，好不好？"

"还要等后年?!"隔着电话都能想象出曼玲瞪大眼睛的模样，"你留在那边做什么，度假啊？英国又不好玩！"

"那就去意国。"齐谨逸腾出手，打了坐在副驾闷笑不停的James一下，对曼玲说，"你不要这么一惊一乍好不好，给我朋友看笑话！"

"旁边有人？怎么都不跟我说。"曼玲立刻收敛了语气，软软地责骂他，"不讲了不讲了，不理你了！我去看看凌子筠，他今天回来都没吃晚饭……十五岁的小孩都在想什么？怎么一天一个样，明明昨天都还乖乖的——"

"十五六岁，不是功课失意就是失恋。"齐谨逸尽心替她提供思路，"小孩子，带他出门玩玩，吃点甜品，哄哄咯！"

听曼玲念念叨叨地挂了电话，James终于放肆笑出声来："你这个姐姐，真是好可爱！"

齐谨逸无奈地揉了揉额角："是这样的啦！"

James边笑边对镜补妆，又问："那个凌子筠又是谁，怎么没听你提过？"

"应该是她的继子，"齐谨逸停下来等红灯，腾出手点烟，"我也不认识，都未见过。"

"继子？那不就没血缘？"James八卦起来，"嚯！"

"神经！"齐谨逸翻白眼给他，长长吐出一口烟气。

James描得精致的眉眼一挑，抢过他点燃的烟叼在唇间，一脸坏笑。齐谨逸用力踩下油门，车身如利刃般划开二十五岁的街景。

十五岁的凌子筠面无表情地从地上拾起被踩碎的CD，拉下校服衣袖，遮住手臂上大块的紫红瘀青。

无心去想是不是人人的十五岁都会如此难过，他坐上凌家的车，语气寻常地叫司机开到他常去的那家唱片店。

"阿凌！"店家早已与他熟识，见他推门进来便招呼，"今次要哪张唱片？"

唱片店内贴满或新或旧的缤纷海报，他一一看过，淡淡应声："那张《红》。"

"咦，"店家奇怪，"那张你不是早就买过？"

"弄坏了。"他随口答，走过一排排整齐的唱片，又随手挑出几张，一齐付了钱。

等到走出唱片店，熟悉的乐声又在耳机中响着了。

"如果真的太好，如错看了都好。

"不想证实有没有过倾慕。"

凌子筠慢慢走向自家的座驾，心中一遍遍念着两句歌词。

"阿谨！这边啊！"

昔日班花即使人近中年，也仍是貌美妇人，踮起脚朝齐谨逸用力挥手。

圣安华风景如旧，三十五岁的齐谨逸笑着应她一声，却没移动脚步，仍站在原地，噙着温和笑意看眼前钉在框中的相纸。

昔日肆意写上去的人生教条墨色仍深，只是下面多了数行潦草小字，看墨迹似是也有些年头。

不与子筠吵架。

不惹子筠生气。

字字句句都能教人明了，那写字的是怎样骄纵可爱的一个
少年。

见他不肯过来，班花小姐——现在是夫人了——屈尊走近前
来唤他："喂，怎么架子这样大，连我都叫不动？"

齐谨逸即刻离她弹开半米远，笑着指指窗外操场，同她开玩
笑："不敢跟美女走近！"

"啐！"班花夫人毫不怜惜地拿流行款的手包甩他，笑骂，
"三十五了，都没个正形！让老同学们看笑话！"

昔时数十同窗，有人不幸离世，有人功成名就，有人处境艰难，
有人富贵依然。当年青葱的林睿仪都早已移居北美，在当地开了
自己的律师事务所，与恋人登记结婚，过得和谐美满，今次也特
意赶了回来，赴这场十七年后的同学会。

旧人相见，早不似少年人那般会觉尴尬，林睿仪转转无名指
上的银戒，大方地向齐谨逸问好，又问："你家小朋友？"

齐谨逸笑答："他脸皮薄，怕见你们，自己在操场坐着温书。"

"明明上次见他还张牙舞爪。"林睿仪揶揄，好像当时步步
紧逼的那个人不是自己，又算算时间，问："要读博士？"

"是，他聪明勤奋。"齐谨逸答得与有荣焉，仿佛自己没读
过博士一样。

"来都来了，叫他过来跟大家打招呼啊！"班花夫人定要见

见凌子筠，左催右哄，终于说动齐谨逸下楼叫人。

二十五岁的凌子筠一身休闲装，屈着长腿坐在操场边的看台上，眼睛盯着翻新过的篮球架，旧事便浮现在眼前。八年前的夏夜，他在这操场上没命疯跑。

齐谨逸远远走来，与凌子筠回忆中的身影重叠在了一起。

齐谨逸看着凌子筠看着的风景，突然笑了起来。

凌子筠被他笑得莫名其妙，戳他："突然傻了？"

齐谨逸轻轻打他，说："只是当时有个小朋友，三步上篮都会跌伤脚，还只知道乱跑。"

回忆往昔都是甘醇的甜，惹人勾嘴角，凌子筠佯怒地问："怎么下来找我，不跟他们叙旧？"

"看见了某个小朋友留的言，就忍不住要来找他——"齐谨逸被挠得笑着求饶，说了实话："他们叫我带你过去，要不要过去，等下一齐合影？"

凌子筠早不似少年时别扭，依言站起身，拍净身上尘土："好。"

跳下看台，凌子筠回头看向齐谨逸，没头没尾地说："突然想到一首歌的片段，但是想不起歌词，也想不起来是什么歌。"

小朋友爱玩这样的把戏，齐谨逸勾起嘴角，闷闷笑了两声，快走两步追上凌子筠，边走边唱了出来："……但愿我可以没成长……"

风也温柔，钻钉在他们耳上，比阳光耀眼。

番外二

双人照

“喂，拜托两位走慢点啦——”

齐谨逸两手挂着五六个大纸袋，无数次试图喊住前面两位正携手逛街的大小姐，可蒋曼玲与齐妮妮仿佛全没听见一样，连头都不回，只兴致盎然地直直往下一家商铺里冲。

画得精致的彩绘玻璃大门一开一合，就又不见了她们二人的身影。

叫也叫不住，讲也讲不清，齐谨逸无力再跟进去了，掂掂手上的纸袋，半开玩笑地低声叹气道：“……我就说曼玲怎么突然善心大发，请我们来阿姆斯特丹玩，原来是雇我来做苦力，顺便照顾小孩！”

跟在他身侧的“小孩”凌子筠听了便微微眯眼，拿眼角横他。“怎么，舅舅不耐烦？”

那边是大小姐，这边是小少爷，当真都好难伺候。齐谨逸即刻举手做投降状，带笑否认："哪敢哪敢！"

这本是他的习惯性动作，奈何这次他手臂上挂着的纸袋太多，一抬手就是一阵簌簌哗哗的响，惹得路人注目，他只好又把手匆匆放低，接着补充："我甘之如饴！"

凌子筠少见他这样手忙脚乱，半点不饶人地嘲笑他："拎几个纸袋而已，就喊烦喊累……年纪到啦？"

话是这么说，却又伸了手过去，要帮他分担手上的重量。

齐谨逸也没跟他客气，大方地分了两个较轻的纸袋到他手里，面上还不忘扮哭脸装感动："果真还是子筠好，懂事又疼人。"

凌子筠感到好笑地翻他白眼，本还想多戗他几句，等垂眼见到他手臂上被纸绳勒出来的红痕又笑不出来了，有些郁闷地把他手上所有的纸袋都抢了过来，放在身后靠住："曼玲也真是，一定要你提，不是可以让店家直接寄送到酒店吗？"

终于解放了双手，齐谨逸自在地活动着手腕，又甩手臂又揉肩："她说是买完东西要提在手里才有'购物'的感觉——反正又不用她自己提。"

"不过话又说回来，她的性格就是这样，也不出奇。"他一边说着，一边顺手掏了烟出来叼着，又笑着点了点凌子筠的肩："就是辛苦你这位小朋友啦，陪着来玩也没赏到什么风景，都只在酒店睡觉，在名品街乱晃，一晃一整天。"

"倒是也没什么不好，"凌子筠本就是不喜欢出门的性格，对赏景游玩兴致缺缺，于是轻轻耸肩，"反正我看这边风景也没什么特别，看过就差不多了。——酒店的床也够软。"

"没什么特别？"齐谨逸失笑，"是名品街的风景没什么特别！你看见的人也大都是游客，当然觉得没意思……"

凌子筠出门的次数少之又少，合该看什么风景都觉特别，但当什么风景都特别的时候，好像又都不觉特别了。心里念着这莫名其妙的歪门哲理，他挑着眉看齐谨逸低头点烟，诚心发问："那什么才有意思？"

"啊，既然你问了，"齐谨逸有心想捉弄他，一听他这么问便拿眼睛扫向街道旁的"咖啡店"，意有所指地拖长了声音，"那当然是——"

捉见了齐谨逸的视线，凌子筠即刻端正表态。"我不试。我是守法好公民。"说罢又佯怒地拿手上的纸袋甩他："你这人怎么这样，教坏小孩！"

齐谨逸被他砸得一阵阵笑，差点连烟都拿不住："试探一下你而已！要是你说要试，我就要跟曼玲告状，送你回去受家法了！"

凌子筠何尝不知道他不会容许自己"做坏事"，却非要做出正义凛然的表情，严肃道："是我要跟曼玲告状才对，说你不正经、为老不尊——"说到一半却又绷不下去了，闷闷笑出了声。

他们之间总是这样，你来我往地互嘲互恘，挤落串串笑音。齐谨逸最爱看他的笑颜，也带笑望着他，等他笑够了，才把飞远的话题又扯回来："有意思的地方……逛逛博物馆咯，运河那边风景也很好，看水看花看鸽子，间间屋舍都是斜的，也不常见。

一会儿等入夜，还有霓虹灯、灯船……还是你想去红灯区逛逛，见一下世面？"

齐谨逸说着说着又开始不正经，凌子筠再次送他一个白眼，又听他有些可惜地说："其实就不该跟曼玲她们来，都没人身自由……不如下次我们两个自己来？逛罢阿姆斯特丹，直接搭飞机去冰岛，还有极光可看。"

石街道上有肥鸽摇摆走过，飞起的动作却十足轻盈，成群撞进冷蓝的晴空与云。

凌子筠静静听他讲冰川、讲蓝湖、讲星空，又讲回程还能去哪些地方，讲哪里好、哪里有趣，嘴角不自觉地又弯出了些许弧度。

他知道齐谨逸跟别的大人不一样，不会空口许诺，不会虚构未来，只要有约，就都会成真。

所以其实都好，其实都有趣。

他暗自思忖着这一条新领会到的"哲理"，却忽然听齐谨逸讲起了英文，转头看去，才发现是有路人来问他要烟借火，顺势与他闲聊了起来。

他们两个的模样生得出挑，常有人来借口搭讪，听那路人所讲的内容，说热情也客套，不过是问他从哪里来、是哪里人、来这边是旅游还是读书，又给他介绍了几个本地的去处……凌子筠早见怪不怪，听多了几句便开始走神，懒懒地开始滑手机，不多时忽被身侧的齐谨逸搭住了肩，听他委婉地用英文跟那路人笑说：

"我跟家属一起来玩，晚上还有别的安排。"

猜也知道那路人是发出了派对之类的邀约。凌子筠抬起头，指了指齐谨逸，助他解围："他是我舅舅，还有监护外甥的重任在身。"

看他俩拒绝得干脆，路人也没觉扫兴，又笑两声，便跟他们道了再见。

见那路人走远，凌子筠拿手肘一戳齐谨逸，笑着说风凉话："舅舅宝刀未老，还是很能招蜂引蝶的。"

"说这些……"齐谨逸感到好笑地轻推了他一把，顺势抢过了他的手机，端着大人架子教育他，"整天见你滑手机，眼睛都要看坏了。"又好奇地盯上了他的手机屏幕："都在看些什么？"

"喂！"凌子筠被他抢了个措手不及，不满地低低喊了一声。看见屏幕内容的齐谨逸却笑了起来："哦——你偷拍我！"

一方屏幕上，是他正夹着烟与人交谈的侧脸，耳骨处的钻钉细碎闪烁，正衬傍晚时分粉蓝的烟霞。

凌子筠瞪他："翻人手机，没礼貌！"

"我的不也给你看？"齐谨逸当然不会乱翻他手机，只在标有"旅行"的相册中一张张将相片顺序回翻，另一只手则大大方方地把自己的手机掏出来给他，聊作交换，"拿去拿去。——嚯，你拍了好多！"

"谁要看你的手机。"凌子筠毫不客气地拍开他的手，跟着将脸凑了过去，陪着他一起看起了自己所拍的张张相片，嘴上欲盖弥彰地解释道："随手拍拍，记录一下旅程而已。"

这张张相片确实是随手拍下，不过琐碎小记罢了，既没讲究光影，也没讲究构图，甚至连滤镜都没加一层。来之前亲力亲为陪他收整行李的齐谨逸、曼玲堆在门厅的十几只行李箱、来时路上硬吵着要去某家特产甜品店买巧克力的齐妮妮、挤在人群中排队的齐谨逸的背影、几张浅色的糖纸、在休息室中戴蕾丝眼罩睡得沉沉的曼玲、飞行时平流层之上铺遍的云团与日光、临降落时俯瞰的条条河流将房屋分成块块积木、皱眉靠在枕头堆上补眠的齐谨逸、捧在手心的晕车药、来邀他们去酒店顶层做SPA的齐妮妮、齐谨逸睡时搭在被子外的手、被冷空气罩上一层浅蓝色的街道、在空中飞过的灰鸽、歪斜前倾的幢幢彩色房屋、扮成小丑模样卖气球与花束的小贩、商街外镶的彩绘玻璃……

细细碎碎，拼凑出一趟旅程的形状。

"随手拍都拍得这么好，"齐谨逸看着这些琐碎记载，只觉心暖，嘴角弯了又弯，夸得诚心诚意，"阿筠果然做什么都有天分！"

又笑说："真是……不看这些，我都快忘记我们是出来游玩的了，只记得做苦力。"

见他笑得很是开心的样子，凌子筠便也跟着扯起嘴角，又偏要呛他："看几张相片而已，傻笑成这样做什么？"

齐谨逸却只是闷闷地笑，不说话。

说到底，曼玲和齐妮妮拉他做苦力，他其实没什么怨言，只怕小朋友觉得这一趟玩得没意思——这样看，小孩还是在享受旅程的，他便能同乐了。

凌子筠跟着抿唇笑起来，又望着齐谨逸耳骨上的钻钉，忽然摇了摇头，故作惆怅地说："唉……就是你只忙着当苦力了，都没拍到一张合照……"

话音未落，肩膀就已被钩了过去，镜头也已举到了面前。

小朋友有诉求，齐谨逸当然要倾力满足，笑着急急按快门，害凌子筠连表情都来不及调整，就被捕捉进帧帧镜头里。

连拍又连拍，仿真的快门声咔嚓响个不停——

人总是太迷信自己的记忆力，以为可以记下当时百般心情，却不知所谓"回忆"实如掌中流沙，轻易便会掠指溜走，徒留自己幻想出的"经历"——所以要拍，所以要记，景在相片中，人在相片外，存下回忆在脑，留下感触在心，种种琐碎都难忘。

"好啦好啦！你都只抓我丑照来拍！"笑过闹过，相片拍了一大堆，凌子筠狠狠拍了拍齐谨逸，转头往那边的商铺里看，要把话题岔开："都快入夜，曼玲她们怎么还不出来？该不会被人绑架了？"

"说什么啊你！"齐谨逸看着自己所拍的"杰作"笑个不停，腾出手来敲凌子筠的头，"等等她们就出来啦！这家店的新品我之前看过，都不是她们会喜欢的风格。——这张拍得好好，简直可以印出来挂墙上。"

凌子筠连白眼都懒得再翻，只抱着手臂往墙上靠："等下去哪儿？"

"去吃饭啊！我已经订了位。"

"之后呢？"

"之后不如去运河那边？等入夜遍街霓虹灯都亮起来，拍照最好看。——拍游客照都好看！"

"还游客照……您今年贵庚？六十八？"

"我六十八，那你岂不是就五十八了？两个老头子了哦。"

"说不过你。"

异国街角，两人说说笑笑，等曼玲与齐妮妮出来，等天黑，等入夜，一起去找他说的那一片霓虹灯……

图书在版编目（CIP）数据

少年心事 / PEPA 著 . -- 长沙 ：湖南文艺出版社，
2021.12

ISBN 978-7-5726-0423-2

Ⅰ. ①少… Ⅱ. ① P… Ⅲ. ①长篇小说－中国－当代
Ⅳ. ①I247.5

中国版本图书馆 CIP 数据核字（2021）第 209067 号

上架建议：畅销·青春文学

SHAONIAN XINSHI

少年心事

作　　者：PEPA
出 版 人：曾赛丰
责任编辑：刘雪琳
监　　制：邢越超
策划编辑：柚小皮
营销支持：文刀刀　周　茜
版式设计：李　洁
封面设计：有点态度设计工作室
插图绘制：Lazish　Kir　吧糖狂魔　静　静
出　　版：湖南文艺出版社
　　　　　（长沙市雨花区东二环一段 508 号　邮编：410014）
网　　址：www.hnwy.net
印　　刷：北京中科印刷有限公司
经　　销：新华书店
开　　本：640mm×955mm　1/16
字　　数：140 千字
印　　张：14
版　　次：2021 年 12 月第 1 版
印　　次：2021 年 12 月第 1 次印刷
书　　号：ISBN 978-7-5726-0423-2
定　　价：49.80 元

若有质量问题，请致电质量监督电话：010-59096394
团购电话：010-59320018